三打白骨精・除妖烏雞國

② 萌漫大話西遊記

繪時光 編繪

Graphic Times 42

三打白骨精‧除妖烏雞國 ②
萌漫大話西遊記

著 繪 者　繪時光

野人文化股份有限公司
社　　長　張瑩瑩
總 編 輯　蔡麗真
副 主 編　徐子涵
責任編輯　陳瑞瑤
專業校對　魏秋綢
行銷經理　林麗紅
行銷企畫　蔡逸萱、李映柔
封面設計　周家瑤
內頁排版　洪素貞

出　　版　野人文化股份有限公司
發　　行　遠足文化事業股份有限公司 (讀書共和國出版集團)
　　　　　地址：231 新北市新店區民權路 108-2 號 9 樓
　　　　　電話：（02）2218-1417　傳真：（02）8667-1065
　　　　　電子信箱：service@bookrep.com.tw
　　　　　網址：www.bookrep.com.tw
　　　　　郵撥帳號：19504465 遠足文化事業股份有限公司
　　　　　客服專線：0800-221-029
法律顧問　華洋法律事務所　蘇文生律師
印　　製　凱林彩印股份有限公司
初版首刷　2023 年 02 月
初版 2 刷　2023 年 6 月

國家圖書館出版品預行編目（CIP）資料

萌漫大話西遊記 . 2, 三打白骨精 . 除妖烏雞
國 / 繪時光著 . 繪 . -- 初版 . -- 新北市：野人
文化股份有限公司出版：遠足文化事業股
份有限公司發行 , 2023.02
　　面；　　公分 . -- (Graphic times ; 42)
ISBN 978-986-384-818-9(平裝)

1.CST: 西遊記 2.CST: 漫畫

857.47　　　　　　　　　　　111019525

本書原簡體中文版名為《萌趣西遊記（全 10
冊）》，由四川天地出版社有限公司出版。
中文繁體字版通成成都天鳶文化傳播有限公
司代理，經四川天地出版社有限公司授予野
人文化股份有限公司獨家出版發行，非經書
面同意，不得以任何形式，任意重製轉載。

萌漫大話西遊記 (2)

野人文化　　野人文化
官方網頁　　讀者回函

線上讀者回函專用
QR CODE，你的寶
貴意見，將是我們
進步的最大動力。

第 3 章
三打白骨精

第 6 章
除妖烏雞國

第 1 章

坎途逢三難

❧ 遇黃風怪 ❧

師徒三人離開高老莊，繼續踏上西行的道路。出了烏斯藏地界，他們來到了浮屠山之中。

師徒三人剛進山沒多久，就遠遠看到一棵香檜樹的枝頭上築著一個大鳥窩，裡面竟然坐著一個禪師。八戒說那是他的一個老熟人烏巢禪師。唐僧向烏巢禪師打探去西天大雷音寺的路，烏巢禪師告訴他們路途遙遠，而且多災多難。

你們的前方還有水怪，請當心。

烏巢禪師

這禪師怎麼神經兮兮的，還預言有水怪？我才不信呢！

這二徒弟，人脈挺廣啊！

唐僧師徒告別烏巢禪師繼續西行。傍晚，他們找到一處農戶家想借宿一晚。來開門的老者聽說他們是去西天取經的，嚇得連連擺手，勸唐僧趕快改道。

妖怪是西天路上的特產。

你們不知道，向西再走一會兒就到了黃風嶺，那裡有很厲害的妖怪。

悟空一點兒也不害怕什麼黃風嶺的妖怪。第二天，師徒三人就走到了傳言中的黃風嶺。他們正在欣賞山中風光的時候，突然一陣狂風吹來，從山坡上跳出來一隻猛虎。

在我的地盤嚇唬我師父，看我怎麼收拾你！

我這一路上怎麼總能碰見老虎？

嗷——

老虎跳到師徒跟前突然站了起來，八戒舉著耙子就要打過去，只見那隻老虎用左爪扣住自己胸口往下一拉，揭掉虎皮，露出了自己的真身。

妖怪！！！哪裡走？！

虎先鋒

我是黃風大王的前路先鋒。

原來是個小妖。

你是來送人頭的嗎？

我是來打你這個不長眼的妖怪的！

八戒舉著耙子追打這隻虎精，悟空看得手癢也加入了戰局。那虎精見二人追得緊，就把自己的虎皮蓋在一塊大石頭上引走他們，真身則化作一陣狂風，捲走了在路邊念經的唐僧。

虎先鋒把唐僧抓進黃風洞，黃風大王得知這是從東土大唐而來前往西天取經的唐僧，就擔心孫悟空上門來鬧。

那猴子不好惹，等他不來惹事，我再享用唐僧肉為好。

黃風怪

發現中計後，悟空和八戒氣憤地追到黃風洞前，叫罵著要妖怪們歸還唐僧。小妖們趕緊給黃風大王報信。

找到了！

趕緊把我們師父給放出來，不然有你們好受的！

正在品嘗燈油的黃風怪嚇了一跳，這時候虎先鋒毛遂
自薦，要出戰迎敵。

要是你被孫悟空
傷了，可別怨我。

拿住孫悟空，我與你
結拜兄弟。我這手下
的小妖隨你挑選。

虎先鋒拿著兩把赤銅刀殺了出來，五十名精壯小妖在
他身後擂鼓搖旗，吶喊助威。

哪裡來的毛猴子，
敢在我們黃風洞洞
口大呼小叫！

沒說兩句話，虎先鋒就和孫悟空打了起來，可是沒打幾個回合，虎先鋒就意識到自己在黃風怪面前說了大話——孫悟空實在太強了。他又不敢回洞，只得往山坡上逃生。

不料，豬八戒正好在山坡上等著，他看見虎先鋒逃了過來，趕緊一釘耙打過去，把那老虎精打出了九個窟窿。

悟空拖著被打死的虎先鋒去黃風洞叫陣。黃風怪見損失了先鋒，就親自披掛出陣，想看看孫悟空是否真如傳說中那麼厲害。

悟空傷眼

黃風怪打了悟空一下，悟空伸伸腰，一下子長到一丈高。黃風怪吃了一驚，舉起鋼叉就朝悟空胸口刺來。悟空則拔出毫毛變出百十來個悟空加入戰局，把黃風怪圍在中間。

嘿！嘿！嘿！
嘿！嘿！嘿！

哇呀呀！我有密集恐懼症！

眼看妖怪就要被降住，他卻吹出一陣黃風。這股風比沙塵暴還厲害，所到之處樹也倒了，水也翻了，連天宮都一片大亂，森羅殿也被刮倒，各大神仙和自己的神獸也都被吹散。

黃風把毫毛變的這些小悟空都捲上了天，一個個滴溜溜亂轉。

連悟空自己都被吹得睜不開眼睛，只好敗下陣來，黃風怪得勝而歸。

豬八戒在一旁看到黃風大作，天地無光，嚇得伏在山坳間不敢睜眼。正進退兩難的時候，悟空揉著眼睛找了過來。由於悟空的眼睛一直在流淚，他只好跟八戒先找一處人家借宿，再想辦法治眼睛。

八戒—幫我預約眼科！

快到黃昏時，悟空和八戒找到一處農莊，農莊裡的老人將他們請進農莊休息。吃過晚飯，悟空問老人哪裡有賣眼藥的，老人說剛好他之前得了一個神藥方，名爲「三花九子膏」，專門治療眼疾，只要抹上，不出一晚，眼睛就能痊癒。

那黃風大王的風叫「三昧神風」……能吹得天昏地暗，只有神仙才能活命呢。

神仙還是我的晚輩呢，這風要不了我的命，只吹得眼睛痠疼。

第二天一早，悟空發現自己的眼睛真的好了，甚至比原來看得還清楚。

悟空望望周圍，突然發現他和八戒都睡在地上，昨晚的農莊好像突然搬走了一樣，只剩下些老槐高柳。原來昨晚的農莊是護教伽藍幻化出來的，眼藥也是護教伽藍所贈。

護教伽藍點化農舍，妙藥醫好大聖雙眼。

呆子又胡說了，你看那樹上的帖子。

我們睡得太死了，人家拆遷都沒聽見。

❧ 靈吉打鼠 ❧

悟空吸取了上次的經驗教訓，不再大搖大擺地驚動妖
怪，而是變作一隻花腳蚊子，悄悄飛進了妖精洞裡去
探查敵情。

悟空飛到院子裡，發現唐僧被綁
在定風椿上。他趕緊飛到師父的
帽子上悄悄跟他說話，唐僧聽到
悟空的聲音，激動得流下眼淚。

黃風怪正在洞中聽小妖向自己彙報洞外的情況，當他聽到洞外只有八戒，沒有孫悟空的時候，心裡頓時生出了一些底氣。

反派死於話多。

只要臭猴子不找靈吉菩薩來，其他救兵我都不怕！

猴子不會是搬救兵去了吧？

悟空聽到黃風怪的弱點後心中暗喜，連忙飛出妖精洞，駕起筋斗雲，越過三千里，來到靈吉菩薩的山中道場。

悟空把經過跟靈吉菩薩說了一遍。熱心的靈吉菩薩二話不說就來幫忙。

菩薩，就是那個會使妖風的妖怪搞的鬼，他他他……

大聖別急，我這裡有一顆定風丹和一柄飛龍寶杖，這兩件寶物可以助你打敗那妖怪。

靈吉菩薩藏在雲端，趁黃風怪被悟空誘出洞來，立刻丟下飛龍寶杖。黃風怪瞬間就被飛龍寶杖變成的八爪金龍纏住，現出了原形——黃毛貂鼠。

小老鼠，上燈臺！偷油吃，下不來！靈吉菩薩抓你來！

原來黃風怪本來是靈山腳下得道的老鼠，偷了琉璃盞的清油後，逃到此處成精作怪。

我是一隻有理想抱負的老鼠！

悟空舉棒就要把妖怪打死，卻被靈吉菩薩攔住了。菩薩說這貂鼠罪不至死，要帶他去西方極樂世界，交給如來佛祖定罪。

大聖，且慢！

悟空和八戒也不再追究，趕緊回到黃風洞把唐僧給救了出來。

✤ 過流沙河 ✤

師徒三人重新上路。他們離開黃風嶺，不久就來到一條波濤洶湧的大河邊。這條河十分古怪，河面上一條船都沒有。

師徒們正在想怎麼過河，突然流沙河中掀起了一個山一樣高的浪頭。一個紅髮蓬鬆、兩眼如燈、手持寶杖的兇惡妖怪從河中蹦了出來。只見他像旋風似的直衝過來，眼看就要把唐僧搶走……

此路是我開，此樹是我栽；若打此路過，留下買路財。

這是第幾難了？記下來。

這套臺詞流傳真是夠廣的。

悟空趕緊一把抱起唐僧跳上高地。

八戒掏出釘耙和妖怪扭打起來。兩人打了二三十個回合不分勝負。

悟空看他們倆半天分不出勝負，急得不行，便丟下唐僧舉著金箍棒衝了過去。

一看悟空也加入了戰局，那妖怪嚇得連忙逃回流沙河裡。八戒打得正興奮，突然失去了對手，忍不住責怪起悟空來。

你管天管地，還管觀眾愛看誰？

猴哥，你這是搶戲！

這集我才是主角好嗎？

悟空靈機一動，出了一個主意：讓識水性的八戒到河裡把剛才的妖怪引出來，讓那妖怪送師徒一道過河。

好豬不提
當年勇……

下水沒問題，當年
我在天上總督天河，
管過入萬水兵！

妖怪剛躲入水中，就聽見頭上傳來「嘩啦嘩啦」的攪水聲，原來是八戒在用釘耙搗亂。

我攪，我攪！
嘩啦嘩啦！

妖怪氣壞了，只好硬著頭皮衝出來跟八戒繼續打。他們把流沙河攪得水浪翻滾，聲音大得如雷鳴一般。

八戒虛晃一招，假裝敗退，成功把妖怪騙上了岸。悟空正在岸上眼巴巴等著，一看妖怪露臉，趕緊一棒子砸過去，可是還沒等碰到他，妖怪就扭頭溜了。

看在悟空化來齋飯的面兒上，八戒不再嘟囔抱怨了，還答應悟空第二天再去引妖怪出水。

第二天，八戒又鑽入水中想引妖怪出來，可那妖怪知道悟空躲在旁邊想趁機偷襲自己，所以不上當。這可把八戒和悟空急壞了。

就這樣，悟空、八戒與那妖怪來來回回折騰了半天，那妖怪就是不出來。眼看太陽就要下山了，唐僧望著滔滔的河水直嘆氣，也不知道究竟什麼時候才能過河。

悟空駕著筋斗雲來到南海普陀山，找觀音菩薩幫忙。觀音菩薩聽說唐僧一行是被流沙河裡的妖怪給絆住了，頓時哭笑不得。原來那妖怪曾是靈霄寶殿上的捲簾大將，因為在王母娘娘的蟠桃會上失手打翻了琉璃盞，玉皇大帝將他打了八百杖，貶出天界，他便到了這流沙河興風作浪，當了個妖怪。

重播一則蟠桃大會實況：

什麼？妖猴又打上天庭了？

啊！

什麼？嫦娥被天蓬元帥調戲了？

啊！

什麼？五百羅漢來蟠桃會吃自助餐？

啊！

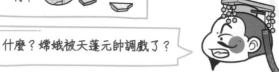
這玉帝老兒太小氣了，幾個琉璃盤子值幾個錢？竟然因為這麼小一件事把別人貶下界，哼！

那也禁不起天天打碎啊！

觀音菩薩交給惠岸行者一個紅葫蘆，讓他帶去幫助悟空收服流沙河的妖怪。於是，惠岸行者跟著悟空來到了流沙河邊。

惠岸行者飛到流沙河上方召喚妖怪。那妖怪正在流沙河底歇息，聽到有人喊他的法名，知道是觀音菩薩差人來了，隨後他又聽對方提起取經人，急忙跳出水面。

惠岸行者主動向妖怪引薦了要去取經的唐僧師徒一行，妖怪這才放心跳上岸，到唐僧面前跪下，拜見師父和兩個師兄。唐僧爲他取名沙和尚，就這樣，師徒四人聚齊了。

我覺得你的氣度舉止特別像一個和尚。你就叫沙和尚吧。

先辦正事，悟淨你快做一條法船，渡他過此河。

沙和尚拜師後一刻也不敢耽誤，按照觀音菩薩教自己的方法做了一條法船。

法船來也！

唐僧師徒坐上穩似輕舟的法船，渡過了流沙河。他們剛上岸，惠岸行者就收走了葫蘆，與師徒四人告別。

剛翻過了幾座山，又越過了幾條河……

🌀四美試禪🌀

一天，師徒四人來到一處氣派非凡的山中府宅。它藏在松蔭中，上方有祥光瑞氣。悟空看出這是仙佛點化過的地方，不過他沒有說出來，免得洩露天機。

好氣派的宅子，肯定有上好的齋飯。

呆子，沒看出祥雲繚繞嗎⋯⋯

悟空性急，第一個跳起身走進宅院，四面環顧，將這
宅子打量一番。這時候從裡間走出個中年婦人，一身
綾羅綢緞、珠光寶氣。

誰闖進我家裡來了？

小僧我從東土大唐來的，去西天取經，路過你家。你看這太陽馬上就落山了，我師父和兩個師弟還在門外，我們可以借宿一晚嗎？

諸位長老快請進。

唐僧師徒進來後，豬八戒偷眼看那婦人。這女子招待
唐僧四人喝茶，然後絮叨起自己的故事。原來她丈夫
早亡，膝下三個女兒還沒嫁人。她說話的時候還拿眼
睛在師徒四人身上瞥來瞥去。

色即是空，空即是色……

我有家財萬貫，良田千頃。三個女兒貌美如花，至今未許人家。

我看您幾位都不錯，不如留在我家為夫為婿，還俗算了。

八戒聽到這兒，心裡直癢癢，可是唐僧卻不肯應聲。
於是八戒纏著唐僧，想讓師父趕緊應下這樁美事，這
可把唐僧氣壞了。

哼！這才出家幾天
啊，你就想著還俗？

師父，天上掉餡兒餅
啦，你倒是接一下啊。

唐僧直截了當地拒絕了這門親事，婦人生氣了，嚷嚷
著即使不能留下唐僧，也要留下他的徒弟。沙和尚果
斷地擺擺手，悟空心裡明白了，連忙把八戒拎了出
來。

猴哥又捉弄我……
這事還得從長計議。

老孫不懂風月，
還是讓有經驗的
八戒來吧，嘻……

婦人見師徒四人以放馬為由溜出門，十分不悅，就把他們留在門外，也不提供茶水飯菜。八戒開始埋怨唐僧。

師父應該先哄來一頓齋飯。現在可好，連茶水也沒了。

這呆子生來就是當女婿的。

不跟你這猴子一般見識……馬該餓了，我去放馬吧。

八戒剛出門，悟空就變成了個紅尾巴蜻蜓跟了出去。只見八戒拉著白龍馬直接轉到後門去，那婦人帶著女兒正在那裡賞菊花。

娘，我那師父一心要去西天取經不能留下，但是我想做女婿。

就怕我小女兒嫌你醜。

我老豬醜雖醜，但是能幹活啊。我師父俊是俊，但他是個花瓶啊。

悟空趕緊回到師父身邊，把八戒說的話告訴唐僧。這時，婦人帶著三個女兒過來了，唐僧趕緊合掌低頭，悟空故意不理睬，沙僧轉過身去，只有隨後趕來的八戒眼睛都看直了。

真真

愛愛

憐憐

是呢是呢，娘都叫了。

我們都商議好了，讓姓豬的入贅門下。

四位長老，哪個肯留下配我小女？

那婦人雖然只招了一個女婿，心中也歡歡喜喜，叫家丁備飯招待三位親家。八戒自以為喜從天降，樂呵呵地跟著婦人走了。他們七拐八轉地走過不知道多少倉房、庫房，好不容易才走到內堂屋子。八戒問婦人，他要配給哪個姐姐，那婦人一副為難的樣子。

我正為這事發愁呢。

那不如三個都配給我吧，免傷和氣。

不管把你配給誰，另外兩個都會不高興。

婦人給八戒出了個「撞天婚」選人的主意。怎麼撞呢？只要八戒蒙上蓋頭，讓三個女兒繞著他轉圈，撞上哪個就讓他跟哪個女兒結婚。八戒欣然同意了。

哎喲，姐姐們像魚一樣乖滑，我一個也撈不到啊。

哼，呆子！

八戒撞了半天，一個也沒有撞到，自己反倒累得大汗淋漓，腦袋也在柱子上撞出包來了。他氣喘吁吁地躺在牆角，婦人上前揭了他的蓋頭，又出了新主意。

我的女兒們各做了一件珍珠嵌錦汗衫，你穿上哪件合身就娶哪個女兒吧。

那我都穿上，就都娶走了！

八戒剛穿上一件，還沒來得及繫上帶子，就撲通一聲摔在地上，身上的珍珠汗衫也變成了幾條繩子，把他緊緊地捆住了。八戒奮力掙扎著，抬起頭，面前竟然一個人也沒有。

丈母娘！真真！憐憐！愛愛！救命啊！

就這樣過了一夜，第二天一早，唐僧、悟空、沙僧一覺醒來，東方早已發白。他們驚奇地發現莊園消失了，自己竟然睡在松柏林裡。一棵古柏樹上貼著一個簡帖兒，原來莊園、婦人還有她的女兒們是黎山老母、觀音菩薩、普賢菩薩、文殊菩薩所化，為的是考驗唐僧師徒是否真心求取真經。

八戒得知昨天是菩薩們的障眼法後，羞愧極了。

八戒真心認了錯，這才跟著師父繼續西行。

惠岸行者是什麼來頭？

悟空去紫竹林找觀音菩薩，想解決流沙河妖怪的難題，觀音菩薩派出自己身邊的惠岸行者隨悟空前往流沙河收服妖怪。這個惠岸行者可不是別人，他就是悟空的老熟人哪吒的二哥，《封神演義》中他的名字叫木吒，《西遊記》中他叫木叉。

金吒、木叉、哪吒集合！

托塔李天王有三個兒子：長子金吒，在靈山如來佛祖之處任職前部護法；木叉（吒）是老二，為南海觀世音菩薩身邊的大徒弟，法名惠岸行者；老三就是大名鼎鼎的哪吒了。

在《西遊記》中，惠岸行者的兵器是渾鐵棍，曾奉觀音菩薩之命收服流沙河的沙僧，還向其父李靖借用三十六把天罡刀，協助觀音菩薩收服紅孩兒，幫了唐僧師徒不少忙。

參參怎麼不介紹我們？

啊……閨女們，參參我把你們忘了。

「乘葫蘆過河」的歷史真相

　　在《西遊記》唐僧師徒過流沙河的時候，唐僧依靠惠岸行者賜予的能夠漂浮在水面上的葫蘆才成功渡過流沙河。這段故事影射的是歷史上玄奘法師在石磐陀的幫助下繞開玉門關、渡過葫蘆河並跋涉流沙大漠的真實事件。

　　當時玄奘正艱苦跋涉在環境嚴酷的大漠，他最需要的就是水。從瓜州到伊吾，可靠的水源就是葫蘆河。

　　大名鼎鼎的玉門關，就建立在葫蘆河上。玄奘法師就是在石磐陀的幫助下繞開玉門關，渡過了葫蘆河。這條河對玄奘的意義巨大，沒有葫蘆河的水源，他的西行恐怕就要止步了。

　　同樣，在《西遊記》過流沙河的時候，沒有那個葫蘆，唐僧只能在岸邊一籌莫展。

流沙河

《西遊記》中的流沙河是一條真真正正的水流河，但是在真實的歷史記載中，玄奘法師西行路上走過的所謂流沙河，其實是真正的流沙世界——莫賀延磧戈壁灘（現稱哈順沙漠）。

其實這裡才是我老沙真正的地盤，是真的沙子喲！

莫賀延磧位於羅布泊和玉門關之間，唐代此處以西皆稱「域西」，也是「西域」的起點。據《大慈恩寺三藏法師傳》記載，此地「長八百里，古曰沙河，目無飛鳥，下無走獸，復無水草」，自然環境極其惡劣，氣候也是極端乾旱。

哎呀，這戈壁灘太乾太熱……真是「沉魚落雁」之地。

在這裡，玄奘遭遇了西行途中最為險惡的考驗。沙漠中最危險的就是海市蜃樓，它的出現會呈現有水源的假象，誤導進入這片戈壁的旅行者，從而導致旅行者迷失方向。

終於看到水了！

嗚嗚，是海市蜃樓。

我怎麼白天都能看到星星？

玄奘法師在沙漠行進過程中又因意外打翻了最後一袋水，險些渴死在「流沙河」中。最終，在對佛法的信仰和取經信念的支撐下，玄奘法師終於穿過了莫賀延磧戈壁灘。

金蟬脫殼

> 「這個叫做金蟬脫殼計，他將虎皮蓋在此，他卻走了。」
> ——摘自《西遊記》第二十回

「金蟬脫殼」發生在悟空和八戒在黃風嶺與虎先鋒戰鬥的時候。字面意思是蟬變成蟲時要脫去一層殼。

【釋　義】通過偽裝擺脫敵人，以實現我方戰略目標的謀略。

【近義詞】瞞天過海

【反義詞】甕中捉鱉

「金蟬脫殼」不光是成語，還是「三十六計」之一。黃風嶺的虎先鋒用過這招，無底洞的金鼻白毛老鼠精也用過這招，說到底這就是一個「替身計」。

在《三國演義》中也有類似金蟬脫殼的計謀。諸葛亮在五丈原軍中病逝前遺留計策，將他本人的木雕放在四輪車上推上戰場。司馬懿認定諸葛亮已死，趕緊率軍進攻。不料迎面看見蜀軍推出的木雕諸葛亮，司馬懿沒有細看就以為諸葛亮沒死，自己又中計了，便扭頭逃跑了。

> 諸葛亮沒有死！快撤！

第 2 章

偷吃人參果

❧ 初入五莊觀 ❧

西天取經的路上有一座仙山叫作萬壽山，山中有一個
道觀名爲五莊觀，一個叫鎮元子的神仙就住在這裡。
鎮元子在道觀中種了一棵神奇的靈根樹，樹上能夠結
出世間罕見的珍果——人參果。世人也管這棵靈根樹
叫作人參果樹。

人參果樹
三千年一開花，
三千年一結果，
三千年一成熟，
一萬年，只結得
了三十個果子。
聞一下能活三百
六十歲，吃一個
能活四萬七千年。

這日鎮元子掐指一
算，算得唐僧師徒
馬上要路過自己的
五莊道觀。但那幾
天他受元始天尊的
邀請要上天聽講，
便命令自己的小徒
弟好好招待。

唐僧是我在「盂蘭盆
會」上認識的朋友，
可摘人參果招待他。

鎮元子

師父威武！

明月

清風

給兩個，
別小氣！

沒過幾天，唐僧果然帶著徒弟們來到五莊觀。清風、明月兩個小道童依照師父的吩咐將唐僧師徒迎進門，招待得十分周到。

嘿，這對聯是抄襲我們水簾洞的吧？

萬壽山福地
五莊觀洞天

聖僧裡面請。

多謝。

不知道有什麼好吃的齋飯呢。

唐僧見道觀正殿只供奉「天地」二字，不供養三清、四帝和九曜星君等道教神仙，覺得很奇怪。聽道童講解之後他才瞭解，原來這些道教的先聖尊師是鎮元子的朋友或晚輩。

三清是家師的朋友，四帝是家師的故人，九曜是家師的晚輩。

天地

天上有牛在飛，地上有人在吹！

少說兩句，快去遛馬。

兩個小道童用丹盤小心地托著人參果端給唐僧，沒想到唐僧一見，嚇得連連擺手。

請聖僧吃五莊觀特產人參果解解渴吧。

師父，這是樹上結的素果，吃一個可是好處多多呢！

善哉，這未滿三日的孩童，怎麼能吃呢？

樹上怎麼會結出人來，快快拿走……

兩個道童見唐僧死活不吃，只能把人參果端走。這果子
有個特點，摘下來就要趁新鮮吃，時間久了就僵硬了。
清風、明月怕人參果放壞了可惜，
就拿到房裡一人
一個給吃了。

這和尚沒口福，叫
咱們撿著便宜了。

他肉眼凡胎，
不識貨！

啊！看起來很好
吃的樣子。

這一切都被在隔壁做飯的豬八戒聽見了，他饞得直流
口水。正巧悟空剛剛放馬回來，八戒立刻把剛才聽見
的話都告訴了他。

大師兄！有個寶物你絕對沒見過！

老孫我也雲遊過天涯海角，什麼寶物不曾見過？

人參果見過嗎？

咦，這個真不曾見。哪裡有？

就在五莊觀，聽說要拿那個金擊子才敲得下來，
全靠你啦。

偷吃人參果

悟空隱身溜進道房，發現兩個道童已經吃完果子，上殿與唐僧說話去了。他很快就拿到了金擊子，然後直奔道觀後園去了。

做賊就要有做賊的樣子！

這個就是金擊子吧。

打的就是你！

悟空推開門，發現後園裡有一個菜園，茄子、黃瓜、蘿蔔等一應俱全。過了菜園的一道門，悟空才看到人參果樹。這棵樹千餘尺高，七八丈粗，樹上的人參果，真的如小孩一般，看起來都很可愛。

竟敢打我？

悟空「嗖」的一聲就躥上樹，用金擊子敲了個人參果，
果子落到地上立刻不見了。悟空到處都沒找到果子，
以為是土地公在作怪，便召喚了園中的土地公。

人參果是不
是被你吃了？

五莊觀土地公

胡說八道！我才不
信呢，看我不把剛
才那果子給敲出來！

小神冤枉！人參
果與五行相克。

遇金而落，遇木而
枯，遇水而化，遇火
而焦，遇土而入。得
用絲帕、棉布等襯墊
在盤中才能接住。

一聽說人參果鑽到土裡去了，悟空立即掏出金箍棒照
著地面狠砸一下。

砰

好硬的地！

只聽「砰」的一聲，金箍棒倒彈了回來。原來這園中的土有四萬七千年的歷史，就是金剛鑽也鑽不進去。

這回悟空學乖了，他小心翼翼地用金擊子打下三個人參果，然後用衣服兜住帶了回去。

八戒見到悟空捂著衣服回來，興奮地迎上去。悟空又叫來沙僧，師兄弟開心地分享了偷來的人參果。

八戒吃得著急，沒等嚼就把人參果吞進了肚。無論他怎麼求悟空再給自己打個果子吃，悟空都不答應。

八戒一直吵鬧不止，驚動了回來取茶的清風和明月。他倆趕忙跑進道房，這一看可壞了。金擊子不知被什麼人扔在地上，通往後花園的門也敞開著。清風和明月被嚇壞了，他倆急急忙忙跑進後花園，顛來倒去數了半天，人參果樹上的果子竟然少了四個。

26 － 22=4

那師徒4人偷了4個果子。

19，20，21，22！

糟了，果子只剩22個，少了幾個？

小道童們氣沖沖地闖進唐僧的房間，指著唐僧破口
大罵。唐僧被罵得糊塗，只得叫來三個徒弟盤問。

你這個和尚真虛偽，
假惺惺推脫不吃，卻
讓自己的徒弟偷果子。

兩位仙童的推理力不行
呀！你們端上來兩個果
子送我吃我都不吃，怎
麼可能去偷呢？

再說那三兄弟聽見師父喊他們，知道偷吃人參果的事
情敗露了，就一致決定裝聾作啞。

我們統一口風，
不是咱幹的！

打死也
不承認！

結果到了唐僧跟前，悟空面對質問，忍不住嬉皮笑臉起來。

誰笑就是誰偷的！

我老孫生來就是一副笑模樣，你丟了果子，還不許我笑？嘿嘿嘿嘿嘿！啊哈哈哈哈！我就笑了，怎麼著！

南無阿彌陀佛……看不見我，看不見我……

若是你們吃了，趕緊賠個禮，何苦這般抵賴？

偷吃四個人參果，豈是賠禮能了事的？

什麼，四個？好你個臭猴子，還說偷了三個，原來你獨吞了一個！

豬隊友！你小說話沒人當你是啞巴。

二師兄，果子是大師兄取來的，他多吃一個不行嗎？

真是神補刀啊！

好好的和尚不當，你們竟然瞞著師父當賊！

兩位小道童見悟空做了壞事還不承認，衝著師徒四人大聲辱罵。悟空什麼時候受過這種氣，瞬間被激得猴脾氣上頭……

他從腦後拔了一根毫毛，變成自己的樣子留在原地挨罵，真身飛去了後花園。

悟空舉著金箍棒對著人
參果樹一通亂砸。他邊
砸邊罵，把人參果全都
砸進了土裡，接著又用
盡渾身力氣把人參果樹
連根推倒。

兩個小道童罵累了，突然發現和尚們一直沒有吱聲，自己也忍不住懷疑：難道是剛才數錯了？

咱倆再去數數吧，錯怪了他們就尷尬了。

結果兩人回到後花園，發現人參果樹被推倒了，嚇得全都跌坐在地上。兩個小道童的冷汗像豆子一樣劈里啪啦地從額頭上滾下來，他們好半天才緩過神，說話還是結結巴巴的。

師—師—師—兄！別慌！這肯定是那個猴臉和尚幹的！

趕緊給師父發求救信號！

我太倒楣了！

爲了拖住唐僧，清風、明月回到殿上，假裝是自己數錯了，又強裝笑臉端著齋菜來向唐僧賠罪。

就在師徒圍坐一桌準備吃飯的時候，突然聽見「喀嚓」、「喀嚓」的聲音，原來清風和明月趁他們不備把門窗都鎖住了。

當天晚上，孫悟空指揮縮小後的金箍棒解開了門鎖，隨後，又拔下兩根毫毛變成兩隻瞌睡蟲，飛到清風、明月的臉上，讓他們昏睡過去。師徒四人連夜悄悄逃出五莊觀，急急忙忙地繼續趕路。

猴哥，
你還學過開鎖？

悟空，你可別傷人性命，不然又多一個得財傷人的罪了……

這有什麼稀奇，南天門的Wi-Fi密碼我也能破解。

鎮元子追責

鎮元子帶著徒弟們回到觀裡時，清風、明月還在打呼嚕，鎮元子使用法術把他倆弄醒。清風、明月一看到師父回來了，立刻頓首叩頭，把唐僧師徒偷仙果、打倒人參果樹的事情一一告訴鎮元子。

師父！
引狼入室啊！

豈有此理，我去會會這幾個和尚！

賊和尚往西跑了！

鎮元子趕緊領著明月、清風去追唐僧師徒，一口氣追了一百二十里路。他們從雲端往下看，發現唐僧師徒正在一棵樹下休息。於是鎮元子變成一個手持拂塵的出遊道人向唐僧走來。

長老打哪來，往哪去？

貧僧自東土大唐而來，去往西天求取真經。

路過萬壽山五莊觀了嗎？

這個……其實……

不曾路過，不曾路過！

你這潑猴還撒謊抵賴，那我的人參果樹是誰推倒的？

悟空又羞又惱，舉著金箍棒就來打鎮元
子。誰知鎮元子一個側身就避開悟空揮過來的棒子，隨即駕雲飛到
半空。他隨手使了個「袖裡乾坤」的法術，就把師徒四
人連馬帶行李全部收進了自己的衣袖中，無論悟空和
八戒使出怎樣的法子，都沒辦法衝出去。

鎮元子回到五莊觀，把唐僧師徒挨個綁在正殿的簷柱上，連白龍馬都被拴在了庭下。鎮元子決定用自己的法寶七星鞭抽打他們一頓，給人參果樹報仇。道童問先打哪一個，悟空擔心師父肉體凡胎受不了，便出頭主動領罰。

唐僧作為師父卻沒有起表率作用，先打他。

偷果子的是我，吃果子的也是我，推倒果樹的也是我。怎麼不來打我，打他做什麼？

這猴子倒還講些義氣，那就成全你。

那小童掄鞭子就打，悟空看對方重點打腿，於是悄悄把自己的猴腿變成了兩條鐵腿。打完三十鞭，鎮元子又準備鞭打唐僧，結果又被悟空三言兩語給說服了，下令再打悟空三十鞭。於是，悟空前前後後挨了六十鞭子，兩條腿被打得跟明鏡一般透亮。

哈哈哈，打得太輕了，就像撓癢癢。

累死我了！

潑猴！還敢嘴硬！

到了晚上，鎮元子吩咐把他們幾個看管起來，就和小仙童們各自回屋睡覺了。悟空縮小了身子，從繩子裡輕輕鬆鬆地鑽了出來。八戒叫嚷著讓悟空趕快救救自己，卻被悟空一把捂住嘴。悟空觀望了一圈，才把唐僧等人放出來。

悟空讓八戒去崖邊搬四棵柳樹，八戒倒是有些蠻力，
他跑到崖邊拱倒了四棵柳樹，一下子全抱回來了。

快去！
別耽誤時間了，
我老孫自有妙計！

讓你去就去，
怎麼這麼多
廢話。

猴哥，你要柳
樹幹什麼？

悟空念動咒語，咬破舌尖，把血噴在柳樹上，又喊了
聲「變」，四棵柳樹隨即變成了他們四人的模樣，被叫
到名字也會答應，問話也能簡單作答。這四個柳樹
人，代替本尊被綁在柱子上。忙完這一切，悟空帶著
大家一溜煙兒逃出了五莊觀。

辛苦你們了！

第二天一早，鎮元子又命令小道童拷打悟空等人，可是打來打去也不見他們喊饒命，鎮元子覺得奇怪，上前仔細一看，竟然是四根柳樹根！

鎮元子再次騰雲駕霧，往西尋找唐僧師徒。悟空他們見鎮元子追來了，沒有辦法，只能硬著頭皮打，鎮元子又用袖子把他們全部裝了回去。這回鎮元子讓童子們用布把俘虜們全都纏裹起來，再刷上黑漆，四個人渾身上下只露出腦袋。眾仙童抬出一口大鍋支起來，鍋裡裝滿了清油，燒得滾開。

注：出恭就是上廁所。

悟空暗暗把東邊台下的石獅子變成自己的模樣，他的
真身則悄悄溜上雲端。二十多個小道童把假猴子扔進
油鍋，只聽「轟隆」聲，油點子飛起來，把周圍小道士
的臉都燙出了大泡。

鎮元子走近一看，原來油鍋被一個
石獅子砸漏了，油也流光了。

孫悟空從雲端跳了回來，鎮元子冷笑著揪住他的真身，但他一時半會兒也拿這個猴子沒有辦法。

就是鬧到佛祖面前，你也得賠我的人參果樹。

你若醫得活果樹，我和你結拜為兄弟。

不就是一棵樹嘛，賠你就是了！小氣鬼。

鎮元子知道孫悟空的本領高強，也就不再為難他，只要求悟空能把人參果樹救活。悟空點頭答應，但條件是得先放了唐僧他們。於是他倆達成協議，一個放人，一個治樹，並約定了三天的期限，唐僧和八戒、沙僧被當作人質留在五莊觀。

師父，大師兄能找到幫手嗎？

猴哥不會不管我們，自己偷偷溜走了吧，我肚子又餓了。

別胡思亂想就不會餓了。

悟空先跑到蓬萊仙境的白雲洞，發現福祿壽三星正在
下棋，於是上前說了人參果樹的事。

福星：什麼？你推倒了鎮元子的人參果樹？

怎麼著？

壽星：你這猴子，若是打殺飛禽走獸，我能用仙丹救活，人參果樹是仙木之根，哪能救活？

祿星：這樣吧，我們去求個情，給你寬限幾日，如何？

那就……好吧，多謝。

別下棋了，趕緊去五莊觀圍觀！

快拉我一把，腿麻了。

快點兒，去晚了就看不到熱鬧了。

悟空又來到了東華帝君的方丈仙山，但帝君也沒有解決辦法，連瀛洲九老都對救治人參果樹無能為力。

悟空沒有辦法，只能駕起筋斗雲到南海落伽山的紫竹林去找觀音菩薩碰運氣。觀音菩薩聽完事情的經過，責備了悟空一頓。

觀音救樹

觀音菩薩托著淨瓶，腳踏祥雲和悟空回到五莊觀。鎮元子、唐僧師徒三人和福祿壽三星都在那裡等候。

觀音菩薩用楊柳枝蘸出玉淨瓶中的甘露，滴在悟空的手裡，又在悟空手心畫了一道起死回生的符咒。悟空握住樹根。不一會兒工夫，人參果樹的樹根下就流出一股清泉，足夠裝滿幾十杯。

快拿玉瓢盛水！

貧道沒有玉瓢，玉杯倒是有幾箱！

觀音菩薩念動經咒，把玉杯中的清泉水細細澆在果樹上。悟空、八戒、沙僧上前扛起樹，把它扶正。沒過多久，那人參果樹就慢慢活了過來，葉子也綠了，果子也長出來了，和原來一樣茂盛。兩個仙童再數樹上的人參果，總共有二十三個，證明孫悟空之前並沒有撒謊。他只偷了三個。

果樹恢復原樣了！

怎麼多了一個？

我老孫確實只偷了三個嘛。

還有一個應該是第一次用金擊子敲到地裡的那個。

爲了慶祝人參果樹死而復生，鎮元子大方地用金擊子打下了十個人參果，開了個「人參果會」招待大夥。孫悟空還與鎮元子結爲兄弟。

人參果會

乾杯！

人參果真是養生絕品啊！

二師兄你慢點兒吃。

吃了我們的人參果，能活四萬七千年。我家這特產實在是居家旅行必備良藥。

我師父要是在後文裡被妖怪吃了，就證明這果子是假的。

座次

　　在《西遊記》的這個故事中，人參果樹被救活之後，鎮元子開了個「人參果會」。原著中記載鎮元子安排的座次，依照尊卑順序依次是：觀音菩薩坐向東的主位、福祿壽三星坐向北的左邊席位、唐僧坐向南的右邊席位，自己則在前面向西的座位上坐下。這裡面的座次可是有講究的，因為在中國古代有著嚴格的身份尊卑之分。

　　在宴席上最尊貴的位置是坐西面東，其次是坐北向南，再次是坐南面北，最卑的是坐東向西。在我國古代的其他歷史故事中，也有區分座次的例子，比如在《史記‧項羽本紀》中就記載了鴻門宴的時候大家的座次。

東華帝君

　　剛才在這集故事講到孫悟空找神仙幫忙救活人參果樹。他先去蓬萊仙島找福壽祿三星，求助無果後，他就去了方丈仙山，向東華帝君求助，這是東華帝君在《西遊記》中唯一一次出場。

　　雖然只出場這一次，但是東華帝君可是一位很厲害的神仙。首先東華帝君所在的方丈仙山，是仙界最著名的三座仙山之一；其次，東華帝君雖然救不了人參果樹，但是他有「九轉太乙還丹」，可以治人世間任何生靈，這就是傳說中的長生不老藥啊。

　　關於東華帝君的身份有很多說法，其中一個說法認為，東華帝君是玉皇大帝出現之前的仙界老大，是神仙之首。這樣論起來，那麼東華帝君的身份和輩分可以說是相當之高了。孫悟空敢去找東華帝君幫忙，膽子也是大得很啊。

我這九轉太乙還丹，連皇帝都想要。

老孫已經長生不老了，只求能救人參果樹的靈丹妙藥啊。

默默拉黑你。

長生不老

　　《西遊記》中很多設定都與「長生不老」有關，吃蟠桃和人參果，甚至唐僧肉都能達到這種效果。由此可見，人們對青春永駐與長壽的追求已經成了中國民間文化的一部分。

【釋　義】長生：長久生存，指生命長久存活，後也用作對年長者的祝願語；不老：青春永駐，容顏不衰。

　　中國古代帝王中有不少都執著於煉丹，追求「長生不老」，其中以秦始皇派遣徐福東渡求藥的傳說最為知名。傳說徐福是一個方士，因為知道秦始皇熱衷於研究長生不老之術，便和秦始皇說海中有蓬萊、方丈、瀛洲三座仙山，在仙山裡有神仙居住，可以去和神仙求「長生不老藥」。於是秦始皇派徐福率領童男童女數千人，入海尋仙，求取仙藥。徐福第一次出海最後無功而返，他和秦始皇說自己在海上確實遇到了海神，但是海神嫌棄他帶的禮物太少，所以沒有賜給他仙藥。秦始皇聽了他的話，又讓他第二次出海，這次還給他帶了很多種子和工匠、技師，但是徐福第二次出海之後，就再也沒有回來。

　　正因為徐福第二次出海未歸，所以關於徐福最終的去處也有了很多說法。很多人認為徐福其實是到了日本，給日本帶去了很多先進的技術和文化。

徐福

第 3 章

三打白骨精

❧ 初遇白骨精 ❧

離開五莊觀後，師徒繼續西行。一天，他們來到一個叫白虎嶺的地方。這地方到處是奇形怪狀的石頭，連一戶人家也沒有。唐僧肚子餓了，便讓悟空去找些吃的。悟空一個筋斗上了雲端，四處望了望，發現山南有片桃林，就往那裡飛去。

悟空外賣，竭誠為您服務。

還是飯來張口的日子好過。

快一點兒，來晚了給你差評。

常言道：「山高必有怪，嶺峻卻生精。」這不，悟空剛走，唐僧他們就被一個妖怪給發現了。這妖怪霸佔白虎嶺多年，真身是一架白骨，名叫白骨夫人，俗稱白骨精。

〈妖怪必吃榜〉第一名！

聽說唐僧是金蟬子轉世，吃他一塊肉就能長生不老，那我還在這窮山惡水辛苦修行做什麼？

白骨洞

白骨精看見唐僧身邊有八戒、沙僧兩員大將貼身保護，沒辦法靠近，便想到了一個法子。

白骨精搖身一變，化作一個花容月貌的村姑，提著青砂罐兒和綠瓷瓶，笑嘻嘻地向唐僧走來。

唐僧遠遠看見那村姑走過來，覺得有點兒奇怪。因為悟空之前說過這附近沒有人煙，怎麼會突然冒出個女子？可八戒一看那村姑生得漂亮又帶著飯菜，就動了凡心，跑上前去搭話。

師父，
外賣小妹來了！

我這青砂罐裡是香米飯，綠瓷瓶裡是炒麵筋。這位胖長老快來聞聞，可香了！

八戒正要伸手去拿村姑贈送的齋飯，沙僧攔住了他。

等猴子回來，
飯都涼了！

慢著，二師兄，荒郊野嶺突然冒出這個女子，很可疑。還是等大師兄回來再說吧。

嘿嘿，唐僧肉
已經到嘴邊了。

唐僧也拿不準，便細細地詢問起村姑的身世。從爹娘問到丈夫，那村姑竟對答如流。

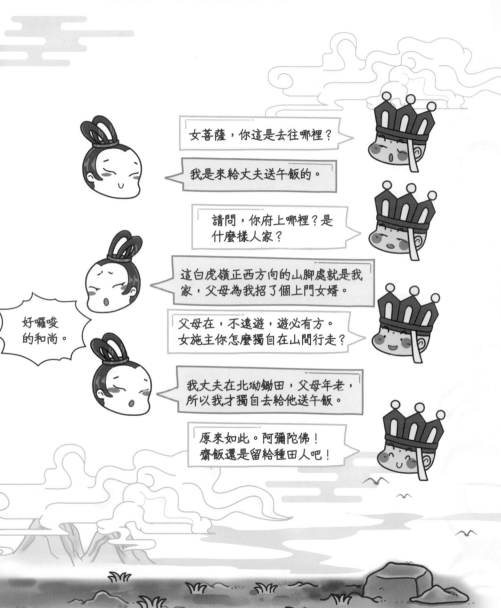

女菩薩，你這是去往哪裡？

我是來給丈夫送午飯的。

請問，你府上哪裡？是什麼樣人家？

這白虎嶺正西方向的山腳處就是我家，父母為我招了個上門女婿。

父母在，不遠遊，遊必有方。女施主你怎麼獨自在山間行走？

我大夫在北坳鋤田，父母年老，所以我才獨自去給他送午飯。

好囉唆的和尚。

原來如此。阿彌陀佛！齋飯還是留給種田人吧！

推來推去，唐僧就是不肯接受村姑的齋飯，一心想等
著悟空化齋回來。

我大徒弟已經去化齋。
我若吃了你的飯，你丈
夫不就沒有飯吃了嗎？

長老您別這麼說，我父母
和丈夫都是善人，他們一
定會支持我這麼做的。

送上門的飯菜只能看不能吃，豬八戒可不樂意了。趁
唐僧閉目念經，他一把接過食盒，剛張開嘴準備咬一
口，悟空就帶著桃子回來了。

有妖氣！！！

天底下那麼多和尚，我還從來
沒有見過像師父這麼固執的，
我們三個把齋飯三等分多好，
他非要等那猴子回來多分一
份……不行，我要先吃！

㊍ 一打白骨精 ㊍

一見到有陌生人出現，悟空立刻瞪大火眼金睛「掃描」起來。悟空發現眼前這位女施主的真身是白骨精後，他掏出金箍棒就打。

> 長老救我！

> 妖怪，哪裡跑！
> 先吃俺老孫一棒！

唐僧嚇了一跳，急忙攔住悟空，他看不透白骨精的變身把戲，覺得悟空誤傷了無辜好人。

> 火眼金睛也有看錯的時候，不可能100%準確的！

> 師父！我有火眼金睛，這女子就是妖怪變的！

白骨精本以爲自己逃過一劫，可唐僧又哪裡攔得住悟空呢？趁師父不注意，悟空掄著金箍棒就朝那女子打去。沒想到這妖怪也有點兒本領，她用了一個法術，扔下一具假的屍體，自己化作輕煙逃走了。

悟空自然知道那是妖怪耍的花招，可唐僧卻嚇壞了，
一邊責怪悟空不該傷人性命，一邊念起《緊箍咒》懲罰
悟空。

師父，
別念……

嘛咪嘛咪
嘛咪……

悟空為了證明清白，把白骨精留下的罐子敲碎，裡面
爬出一罐子拖著尾巴的長蛆，瓶子裡的麵筋也變成了
滿地亂跳的青蛙和癩蛤蟆。唐僧這才有
幾分相信那村姑是個妖怪。

師父，這等齋
飯，你也敢吃？

掃地恐傷螻蟻命，
愛惜飛蛾紗罩燈。
你怎麼步步行兇？

八戒眼看著沒吃上飯，美人也被打死了，心裡很不高興，就使起壞來。

準是猴子的障眼法，把齋飯變成這些東西來騙師父的。

呆子！不准挑撥。

二師兄，你少說兩句。

唐僧聽了八戒的話，就念起《緊箍咒》來。悟空大叫頭疼，滿地打滾。

頭疼！頭疼！求師父莫念！

念過《緊箍咒》懲罰悟空後，唐僧還要趕走他，可悟空說還不曾報答師父的恩情，堅持留下來報恩。 在悟空的幾番懇求之下，唐僧心軟了，便答應這一次原諒悟空，但不許他再傷人命。

俺老孫是個有恩必報的猴子！

如果再犯，我就念20遍《緊箍咒》。

再說那白骨精飛到雲端，恨得咬牙切齒，感歎這猴子果然名不虛傳。白骨精並不死心，她又搖身變作一個老婦人，哭哭啼啼從樹林裡走了出來。八戒見了，尋思著是剛才死的村姑的家屬來了，趕緊去找唐僧。

不好，那村姑的媽媽尋人來了！

女兒你在哪裡？

都怪大師兄！

二打白骨精

悟空認出這老婦人也是剛才的白骨精變的，氣上心頭，掄起棒子就把她打倒在地。白骨精又用了同樣的法術，扔下假的屍體，自己的元神再次逃走了。

唐僧見悟空又害死一條人命，驚得從馬上摔了下來。他怒不可遏地指著悟空，氣得說不出話來，只能一遍又一遍地念起《緊箍咒》，足足念了有二十遍。

忘詞了……

但我記得《緊箍咒》！

師父，您記什麼不好？！

念完《緊箍咒》，唐僧又要攆悟空走。一聽師父要趕自己回花果山，悟空鬧著不肯離開，他說除非唐僧念個《鬆箍咒》，把他頭上的箍子拿掉，可是哪有什麼鬆箍咒。

為師只學過《緊箍咒》，又沒學過《鬆箍咒》，怎麼能取得下來？算了算了，再原諒你一次吧，記住，不能再傷人性命了！否則……

師父放心！下次一定讓妖怪現原形後再打！

❦ 三打白骨精 ❦

再說那白骨精兩次都沒得手，有些著急，因為唐僧師徒再走四十里，就不是她的地盤了。如果被別的妖怪知道自己沒本事抓住唐僧，那還得了！白骨精靈機一動，這次變成了老公公，一邊走路一邊念經，在山坡下等著唐僧師徒。

唐僧師徒遠遠看見老公公，八戒就說這是死去那母女倆的親屬。悟空一眼看穿又是白骨精的把戲，但他怕這次白骨精又要金蟬脫殼扔個假屍首，就暗地裡召喚土地公和山神，讓他們在空中給自己作證，然後舉起棒子就要打。唐僧見悟空又要打人，氣得念起了《緊箍咒》，痛得悟空倒在地上。白骨精見了，便在一旁偷偷地冷笑。悟空忍著疼，掙扎起來，一棒子打死了妖怪。

大膽妖怪，你騙得了別人，騙不了我！

等等，我還有台詞沒說呢……

前天就是這妖怪，在我管轄範圍抓了個小孩打牙祭，我們一直在追捕她。

大聖為民除害了！

唐僧見悟空又打死一人，想到才走了半天的路程，這
徒弟就一下打死三個人，急得準備念《緊箍咒》。悟空
趕緊叫住唐僧，讓他看看自己打死的到底是什麼。只
見地上攤著一堆骷髏，脊樑上刻有「白骨夫人」四個
字。

你太過
分了！

都說唐僧慈眉
善目，這脾氣
怎麼這麼大？

別走，
給我作證！

我們告辭了！

唐僧看到白骨後本來有些相信這是妖怪，誰知豬八戒
在一旁挑撥，說這是悟空怕師父念《緊箍咒》，用法術
使出的障眼法。唐僧耳根子軟，信了八戒的話。這次
他堅決要趕走悟空，還寫了一封貶書作為憑證。

你被解雇了。

師父啊！我可以走，
但是沒有我，您手下
沒個頂事的幫手，我
擔心您無法順利到達
西天啊……

我就是被妖魔
蒸了煮了，也
不關你事。

見師父已下定決心，悟空想最後拜別一下。可唐僧始終背對著他，執意不肯接受。

還不走？是不是想分點兒財產啊？

悟空拔了三根毫毛，又吹出了三個自己，圍住唐僧四下參拜。唐僧躲不過，只好受了這一拜。

一定要按時吃飯。

遇到妖怪就報上我的大名！

師父，您一定要保重身體。

我是個好和尚，不會提你這歹人的名字。

臨走時，悟空又叮囑沙僧，再遇到妖精的時候，一定
要報上他老孫的名號。

沙師弟，一路上你們如果
遇到妖怪，就說我是他的
大徒弟，那些小毛怪怕我
就不敢傷害師父了。

悟空告別了師父，哭著躥上筋斗雲，向花果山飛去。
悟空這一走，沒想到更糟的事情還在後面。

嗚嗚嗚，我好捨
不得師父……

花果山

⋺悟空回山⋲

回到花果山，只見眼前一片荒蕪，當年四萬多猴兵，現在只剩下零零散散的一些猴子。悟空正在悲切的時候，荒草裡突然鑽出了幾個小猴子，把悟空圍在中間。

原來，悟空被鎮壓在五行山下之後，二郎神放火燒了
花果山，猴子們死傷慘重。再後來，獵人捕殺了許多
猴子，有的猴子被宰了下飯，有的猴子被帶到街上耍
把戲，剩下的猴子也都過得很艱苦。

大聖，花果山
舉步維艱啊！

悟空決定重整旗鼓，振興花果山。猴子們聽說悟空不
跟著唐僧做和尚了，全都歡欣鼓舞，花果山又有主心
骨當家人了。

太好啦！大聖爺
爺不當和尚啦！

大聖爺爺就留
在花果山當齊
天大聖吧！

太好啦！

安撫了飽受傷害的小猴子們，悟空讓大家堆起石頭堆，自己則吹起一陣狂風，一時間飛沙走石。那些來捉小猴子的獵人被碎石打得頭破血流，落荒而逃。

悟空讓手下做了一面新的大旗，重新招魔聚獸，積草
囤糧，再也不提「取經」二字了。四海龍王也送來雨露
甘霖，花果山的瓜果梨桃很快就重新長了出來。

師父不知道吃
沒吃上飯……

大聖爺爺，這是剛
摘下來的水果。

黑松林唐僧入塔

那邊孫悟空在花果山逍遙自在，這邊取經路上，唐僧帶著豬八戒、沙僧繼續趕路。過了白虎嶺，他們來到了一片黑松林。

八戒，你去化些齋飯來。

不當家不知柴米貴，化齋可是件苦差事。

要是大師兄在，很快就能吃上齋飯。

八戒在黑松林裡轉了十多里地，也
沒碰上一戶人家。走得這樣辛苦，
他也開始懷念起悟空來。

師父整日板著臉，沙
師弟又是個悶葫蘆，
猴子不在，連個說話
逗樂的人都沒有。

八戒想回去，又怕回去要被唐僧念叨，說他偷懶。於
是他乾脆找個草堆，窩在裡面睡覺，打算拖一陣子再
回去報告沒地方化齋。

一隻羊，
兩隻羊……
呼嚕嚕……

唐僧和沙僧等了好久也不見八戒回來，唐僧有些擔心，便派沙僧去找八戒。

悟淨，你去看看，八戒怎麼還沒回來？

是，師父！

該不會掉進溝裡了吧？

大概自己先吃了吧？

唐僧獨自坐在松林裡，時間一長，覺得又困又累，於是站起身來四處走走，順便找找自己的兩個徒弟。沒想到走著走著，唐僧迷了路……

小公雞點到誰就是誰！

這邊！

迷迷糊糊中，唐僧走出了黑松林，突然抬頭看見眼前出現了一座金光閃閃、彩氣騰騰的寶塔。唐僧曾發下宏願，見到佛像就要朝拜燒香，見到佛塔就要主動掃塔。所以他就打算進去掃塔。

好一座黃金寶塔，徒弟們怎麼沒往這裡走？塔下必有寺院僧家。

唐僧走到塔門之下，掀開竹簾，沒見到佛像，卻見到
一個青面獠牙的妖怪正躺在一張石床上睡覺。那妖怪
披著一件黃色的長衫，面相十分兇惡。

唐僧嚇得一個踉蹌，遍體酥麻。
他正要逃走，沒想到那妖怪突
然睜開了雙眼。

妖怪一揮手，一群小妖就衝上來擒住了嚇得邁不開腿的唐僧，將他扭送到妖怪面前。

 長得跟白饅頭似的，你哪來的？

貧僧從東土大唐而來。

往哪去？

去西天取經。

等的就是你這西天取經的唐僧肉，竟敢自己送上門！

大王，我還有兩個徒弟在化齋，放我去吧。

正好湊一鍋蒸了。

妖怪又一揮手，小妖們便把唐僧綁在了定魂樁上。妖怪從石床上跳下來，叮囑小妖們關好塔門，坐等八戒和沙僧撞上門來。

今天給小的們改善伙食！

謝大王！

八戒在草叢裡睡得正香，突然被人揪住了耳朵。

二師兄！

哎呀媽呀！
打雷了！

師父讓你去化
齋，你怎麼在
這兒睡覺？

該起床了！

是沙師弟啊，
現在幾點了？

八戒被沙僧叫醒，迷迷糊糊托著缽盂，
跟沙僧回到原地。他們發現松林裡只剩
下白龍馬和行李，唐僧已經不知去向。

孫悟空剛走他們就把
師父給弄丟了，我看
這取經路不好走……

沙僧和八戒趕緊牽馬挑擔，收拾了行李準備去尋找師父。

糟糕！師父一定是被妖怪抓去了！

這林子這麼清靜，哪來的妖怪？師父一定是往另一邊走了，咱們找找他就是了。

雖然心急，但一時間又沒有什麼好辦法，沙僧只好挑著行李，跟著八戒走。不一會兒，他們就看到不遠處有一座金光閃閃的佛塔。佛塔裡面情況如何？我們下章揭曉。

二師兄，那塔吉凶未定，還是小心為好。

師父肯定在塔裡都吃上飯了。

白骨精到底有多窮？

《西遊記》中有很多「後臺硬」的妖怪，但也有很多家底薄的「草根」，白虎嶺上的白骨精就是草根中的草根，屬於「沒後臺、沒家財、沒人手」的三無妖怪。不對，是「四無」，因為在原著中，她連正經的名字都沒有。「白骨精」這個稱謂還是後人在改編西遊故事的時候加上去的。

我雖然沒名字沒後臺沒錢，但我有一顆要吃唐僧肉的心！

天空一聲巨響，白骨精橫空出場！

白骨精在原著中所佔篇幅較小，只在第二十七回出場，且很快就被孫悟空打死，「領便當」了。但很多人都不知道，她其實是《西遊記》中第一個提出「吃了唐僧肉可得長生不老」這個說法的妖怪。

別問我為什麼知道吃唐僧肉可以長生不老，一切都是作者的安排！

砰！

受很多影視化改編的影響，很多讀者會誤以為白骨精有很大的洞穴和一幫手下；但在原著中，白骨精的管轄範圍只有四十里地，在整個白虎嶺都只佔一小部分。

　　這是什麼概念呢？以唐僧師徒的速度，走個大半天就能走過去。

　　原來大名鼎鼎的白骨精，竟然是一個一沒手下，二沒洞府，管轄地還很小的窮妖怪，與後面唐僧師徒將要遇到的八百里獅駝國的三個妖怪相比，簡直就是天壤之別。

行行好吧！

三打白骨精

西遊小辭典

　　雖然白骨精在原著中是一個出場時間很短的龍套級別妖怪，但她的故事在今天卻是家喻戶曉。這源於中國國粹瑰寶，二十世紀六〇年代風靡全中國的紹劇《三打白骨精》，其中孫悟空的扮演者就是當時被稱為「南猴王」的著名紹劇表演藝術家六齡童。

> 姐姐發跡的日子來啦！

　　由於原著中白骨精的戲份太少，紹劇《三打白骨精》借鑑了清中後期宮廷猴戲《昇平寶筏》的內容，把《蓮花洞金角大王》和《波月洞黃袍怪》的部分劇情移花接木到白骨精身上，極大豐富了這個劇碼的內容。

> 這可是我們的劇情啊！

劇本

回到《西遊記》中，師徒四人通過「三打白骨精」這件事，也各自得到了經驗教訓：

孫悟空——做事不能衝動，要懂得換位思考，從別人的角度想問題；唐僧——看待任何事情都不能以偏概全，要傾聽不一樣的聲音；豬八戒——團隊成員之間需要相互信任，師兄弟之間不要有小心思，會影響取經大業的進程；對沙僧——需要學會表達，並且主動表達自己的想法。

同時，〈三打白骨精〉的故事也啟發小讀者們：不要被表面現象所矇騙，要學會看到問題的本質，並且，不要在衝動的時候做決定。

火眼金睛

「只是風攪得煙來，把一雙眼熰紅了，弄做個老害眼病，
故喚作火眼金睛。」
——摘自《西遊記》第七回

【釋　義】「火眼金睛」原指孫悟空在太上老君的八卦爐
裡煅燒七七四十九天後，意外得到的能夠識別妖魔變化的
眼睛。後來泛指人的眼光銳利，能夠識別真偽。

在《西遊記》中，能夠通過眼睛識破妖怪變化之術的除孫悟空的「火眼金睛」外，還有二郎神楊戩的「第三隻眼」。也難怪孫悟空在大鬧天宮的時候，與二郎神鬥法鬥了好幾個回合，無論怎麼變化都能被二郎神一眼看出來。

二郎神

第 4 章

智激美猴王

大戰黃袍怪

八戒和沙僧來到寶塔前，只見寶塔門上橫著一塊白玉石板，上面有「碗子山波月洞」六個大字。這哪裡是寺院，分明是妖精的洞府啊！

看來師父又被妖精捉走了。

這都是老套路了。你先去把馬拴了，守著行李，我去叫門。

八戒舉著耙子上前砸門，守門的小妖見狀急忙趕去稟報黃袍怪。

八戒闖進門，質問黃袍怪唐僧的下落。黃袍怪見八戒傻乎乎的，故意編瞎話來騙他。

幸虧沙僧在一旁提醒，八戒才醒過神來。

八戒掄起釘耙照著黃袍怪打過去，沙僧也加入了戰鬥。其實論他倆的本事，二十個也對付不了黃袍怪。只因唐僧命不該絕，六丁六甲、四值功曹等暗中保護唐僧的小神們都幫著八戒、沙僧，這場混戰雙方才打了個平手。

☙ 唐僧脫困 ❧

唐僧在洞中正擔心八戒和沙僧，突然走出個年輕的婦人。那婦人自稱是寶象國的三公主，名叫百花羞。

十三年前的中秋節晚上，百花羞正在窗邊欣賞月色，突然一陣妖風吹來，把她捲走了。

等她回過神來，她就已經在黃袍怪的妖洞裡了。百花羞被黃袍怪囚禁起來，被迫嫁給了黃袍怪。

百花羞說她能救唐僧出去，但是唐僧得幫她帶一封信給寶象國國王，唐僧立刻應下。於是百花羞匆忙寫了一封信交給唐僧，並給唐僧鬆了綁，帶著唐僧從後門逃出山洞。百花羞叮囑唐僧暫時先躲在草叢裡，等黃袍怪回到洞裡後，再離開此地。

這時候黃袍怪正在和八戒、沙僧打得天翻地覆，百花
羞走出去叫住了正在戰鬥的黃袍怪。

黃袍怪立刻丟下八戒和沙僧，乖乖地跑向百花羞。百
花羞告訴他自己幼年許過一個心願，如果招得一個稱
心的好駙馬，就要齋僧佈施；但嫁給黃袍怪之後，一
直都沒有機會還願。

⚘ 覲見國王 ⚘

八戒和沙僧急急忙忙來到波月洞後門找到師父，然後一起牽馬挑擔逃出黑松林。師徒三人不知不覺，連續走了二百九十九里路，終於來到壯觀華麗的寶象國。

趁著簽證沒過期，趕緊跑！

徒兒們別忘了，要先替公主送信！

想到百花羞公主的委託，唐僧拿著通關文牒和公主的
書信去拜見寶象國的國王。

寶象國國王急忙接過信，小心翼翼地打開，反覆讀了很多遍，又聽唐僧講述了公主的遭遇，不由得痛哭起來。

嗚嗚嗚——我苦命的女兒啊！

國王意識到眼下最重要的事情就是要救出自己的女兒。他問百官，有沒有人願意領兵去捉拿妖怪，救出公主，沒想到大家紛紛後退，沒有人敢去攻打黃袍怪。

退——

退——

你們怎麼都退了一步？

國王只好向唐僧求助。唐僧剛從妖怪洞府逃出來，他自己也不會捉妖，可他又不好推辭，只好讓兩個徒弟來試試。

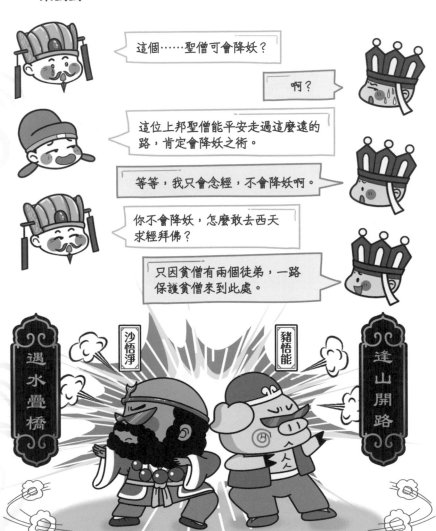

這個……聖僧可會降妖？

啊？

這位上邦聖僧能平安走過這麼遠的路，肯定會降妖之術。

等等，我只會念經，不會降妖啊。

你不會降妖，怎麼敢去西天求經拜佛？

只因貧僧有兩個徒弟，一路保護貧僧來到此處。

沙悟淨

豬悟能

遇水疊橋

逢山開路

國王趕緊派人到客棧請來了八戒、沙僧。國王問他們
哪一個能降妖，豬八戒立即跳出來。爲了顯示自己的
本事，他還變成了八九丈高的巨人，把國王和文武百
官全都震住了。

國王聽說八戒曾經當過天蓬元帥，心裡一下就有了底氣。八戒也不管自己能不能辦到，滿口答應了國王要去捉拿黃袍怪。接過國王的壯行酒，八戒豪爽地喝了個精光，駕著雲就飛走了。

唐僧則留下來陪著國王閒敘。他們邊喝茶邊等著八戒、沙僧降妖歸來。

✿ 殺回波月洞 ✿

八戒和沙僧來到波月洞前，八戒舉起釘耙，一耙把洞門打了個大窟窿。

黃袍怪正在波月洞裡睡覺，突然聽到守門的小妖叫嚷著跑進來。

黃袍怪提起鋼刀前去迎戰，看到被砸爛的洞門，氣得
對八戒和沙僧破口大罵。

唐僧這個主菜我都不吃了，
為什麼你們又打上門來？

你還好意思說！你強佔
寶象國三公主，我奉國
王旨意，特來捉你！

聽到八戒是寶象國國王派來的，黃袍怪怒火中燒，二
話不說就跟八戒扭打到了一起。

雖然有沙僧的幫忙，但豬八戒也只是勉強跟黃袍怪鬥個平手。好幾個回合後，豬八戒體力支撐不住，便趁黃袍怪不注意，一溜煙鑽進蒿草荊棘裡躲了起來。

只剩沙僧一人，他更加不是黃袍怪的對手，被黃袍怪一把抓住。黃袍怪讓手下的小妖們把沙僧綁得結結實實，一路抬回了波月洞。

回到洞裡，黃袍怪越想越不對勁。既然之前已經放了
唐僧，那和尚肯定不會再叫兩個廢物徒弟來找自己的
麻煩。思來想去，他覺得問題可能出在百花羞公主身
上。

夫人，我平日從沒虧待過
你，你為何暗地裡寫書信，
叫國王派人打上門來？

郎君啊，我不曾
寫什麼書信啊。

你還要賴！證人
就在這呢！

黃袍怪當著沙僧的面，逼問百花羞是不是和唐僧串通
好了，給寶象國國王報信。沙僧心想：若說實話，這
妖怪必然會殺掉公主，公主救過師父，我不能恩將仇
報。

潑和尚，是不是她
有書信給你們？不
說實話，把你的腦
袋劈成水瓢！

妖怪不要無禮，是寶
象國到處都張貼了公
主的畫像，被我師父
看見，他覺得像你夫
人才告訴國王的。

國王讓我們來拿你，何
曾有什麼書信！你要殺
就殺，不要冤枉夫人。

黃袍怪覺得沙僧說得有道理，連忙向百花羞道歉，並安排酒席給妻子壓驚。

不可不可，我父王從來沒有離開過寶象國，也沒見過什麼神仙妖怪，我怕你的模樣會嚇壞他。

趁著唐僧在寶象國，我也去認認親如何？

聽完妻子的話，黃袍怪搖身一變，變成了一個俊俏的書生。公主叮囑他一定要少喝酒，免得露出原形。黃袍怪一一答應，然後縱身一躍，騰雲飛到了寶象國。

終於可以拜見岳父大人了。

寶象國

黃袍怪入朝

黃袍怪來到寶象國的宮門前，自稱是「三駙馬」，讓守門的小官吏進去通報。一聽說「三駙馬」來了，國王嚇得不知道往哪裡躲。唐僧勸他，妖怪本事太大，不如把他當作客人先迎進來，再想辦法對付。國王覺得這個主意不錯，便宣「三駙馬」進宮觀見。

稟告國王，三駙馬特來見駕。

三駙馬？三駙馬是誰？

咱也不知道，咱也不敢問……

應該就是那個妖怪。

國王本以為進來的是一個長相醜陋的怪物，沒想到「三駙馬」卻是一個帥氣的青年。國王看著眼前的青年，心裡想：這個「駙馬」應該不是妖怪吧。

岳父大人，我這就把我與三公主的故事講給您聽。

你長得好看，說什麼我都愛聽。

「三駙馬」說自己是一個獵戶，十三年前打獵時碰到一隻猛虎，背上馱著個姑娘。他一箭射傷猛虎，將姑娘救下。後來那姑娘與自己結爲夫妻，最近他才知道妻子是寶象國的三公主，特地前來認親。

啊！好帥啊！

「三駙馬」接著又說，當年那老虎現在已經成了精，假裝成一個取經的和尚到處害人……

當年公主求情，我才放了猛虎一條生路。

你怎麼胡言亂語，血口噴人？

沒想到牠變成了取經的僧人，來此招搖撞騙。

說著說著，黃袍怪潑了唐僧一碗水，使了個「定身法」，把唐僧變成了一隻老虎。國王被嚇得半死，立刻起身躲得遠遠的。

猛虎突然出現，國王不得不信「三駙馬」的話。他跌跌
撞撞地跑到「三駙馬」身邊尋求庇護。

賢婿啊，這
老虎會不會
吃人啊？

岳父請放心，
牠已經被我
降伏了。

幾個膽大的武士一擁而上，將變成猛虎的唐僧捉住，
關進了鐵籠子。

我發現這取經路上自己
總是和老虎過不去。

國王非常高興，下令大擺三天酒席宴請「三駙馬」，還安排他住進銀安殿，又選了十八個宮女唱歌跳舞助興。

這「三駙馬」縱酒享樂，很快就醉得現出了原形。宮女們嚇得逃命的逃命，躲藏的躲藏。由於害怕被妖怪報復，逃出去的宮女對宮內發生的事一個字都不敢說。

白龍馬救唐僧

「唐僧是虎精」的傳言很快就傳開了，連拴在金亭館驛的白龍馬也聽說了。白龍馬大吃一驚，知道師父被妖怪所害，眼看著八戒、沙僧都不在，如果再不出手，就辜負了觀音菩薩的勸化。於是白龍馬變回真身小白龍，騰雲駕霧飛到了皇宮上空，打算隻身去救師父。

變！

再不去救師父，這年終獎就蒸發了！

三更時分，小白龍變成一個宮女來到了妖怪所在的宮殿，看到黃袍怪在裡面喝酒，他便進去斟酒服侍。「她」斟了一杯酒遞給黃袍怪，又使了一個「逼水法」，這酒已經高過杯沿，但是一點兒也沒灑出來。

好技法！你是馬戲團來的吧？可會跳舞嗎？

駙馬啊，我來給你斟好酒。

會舞，只是沒劍，舞起來不好看。

聽到「美女」會舞劍，黃袍怪便解下自己所佩的鋼刀，
遞給「美女」。「美女」接過鋼刀便舞起來。那妖怪正看
得眼花繚亂，小白龍突然朝他一刀劈來。

黃袍怪倒有些本事，他側身躲過，隨手拿了一個俗名
爲滿堂紅的燈臺就架住了小白龍劈來的刀。他們從房
裡一直打到房外，又跳到半空中去打。打鬥了一會
兒，小白龍漸漸抵擋不住，後腿還被黃袍怪給打傷
了，連忙鑽進御水河裡躲了起來。

等黃袍怪走了，小白龍才重新變回白馬逃回館驛。這時候豬八戒跌跌撞撞跑來了，小白龍趕緊把師父被妖怪變成老虎，自己去救師父但是卻失敗了的事情告訴豬八戒。

事已至此，咱們哥倆只能三十六計走為上了。

別當逃兵，趕緊去請個高人來幫咱們救師父。

我讀書少，不知道找誰啊！

趕緊給花果山的大師兄發個緊急電報啊！

這個……咱們還有別的人選嗎？

八戒怕悟空記恨自己，不敢去花果山，但他又不是黃袍怪的對手，救不回師父。思來想去，八戒只能硬著頭皮撐起兩隻大耳朵，去花果山搬救兵了。

在白虎嶺我慫恿師父給他念《緊箍咒》，他指不定怎麼惱我呢！他絕不肯來。

你就說師父想他了，先把他哄來再議。

我還是回高老莊吧。

而且他那金箍棒又重，言語之間若有衝撞，把我打成肉醬怎麼辦啊？

智激孫悟空

八戒到了花果山，發現悟空正在操練小猴。看到前方威風凜凜的悟空，八戒嚇了一跳。他不敢直接上前，也跟著猴子們一起給悟空叩頭。

唉？他怎麼來了？

好大的排場！要是我老豬也有這樣大的家業，就還俗了。

大聖爺爺！

大聖爺爺！

悟空早就看見八戒了，他故意說八戒是個奸細，並讓小猴們把奸細帶上來。猴子們一窩蜂圍住八戒，把他抬上來見悟空。悟空假裝不認識八戒，故意拿話刁難他。

哪來的生人？

咱們才分開幾天啊，你就不認人了！

哎呀！原來是豬八戒啊。

是我是我！我就是豬八戒！認得我就好辦了……

八戒不敢提唐僧遭難的事情，只說師父嫌自己和沙僧都不機靈，本領也一般，不如悟空這個大徒弟稱心，讓他來把悟空請回去。

師父想你了，你跟我回去吧！

你胡說，他那日親筆寫了貶書，還說他是生是死都與我無關，又怎麼可能想我？

你自己回去吧！

師父是真的想你，他天天誇你聰明伶俐，隨叫隨到，一點兒都不讓他操心。

悟空想探探八戒的真實用意，便邀請八戒遊玩花果山、水簾洞，八戒滿腹心事地應付了一番。八戒著急救師父，一直催著悟空趕緊跟自己回去。

要走自己走，我在這花果山天不收地不管，逍遙自在！

走開！

那我可真的走啦？

走開！

悟空下令讓猴子們把八戒攆出去，隨後悟空派兩隻小猴偷偷跟上，想看看八戒是什麼反應。果然不出所料，八戒又氣又急，沒走兩步就罵起悟空來。

呸！殺千刀的死猴子！不當和尚，偏要當妖精！請你不去，你不識抬舉！

只顧著自己吃喝玩樂，卻不管我們師父的死活！

你這遭瘟的弼馬溫！

小猴們飛快跑來報告，悟空大怒，下令讓小猴們把八戒給捉回來。小猴們追上八戒，抓鬃的抓鬃，揪耳的揪耳，扯尾的扯尾，把他拖到悟空面前。

小的們，拿大棒來，打他四十大棒！

啊！哥哥呀，不看師父那就看在菩薩的面上，饒了我吧。

悟空聽他提起了菩薩，語氣緩和下來。這下子八戒終於老老實實地告訴悟空關於黃袍怪的事情。為了把孫悟空哄回去，八戒故意編出一堆激怒孫悟空的話。

呆子，為何不提我老孫的名字好嚇退他？

唉……哥哥，不提還好，一提你的大名，那妖怪就喊著要剝你的皮，抽你的筋，吃你的骨頭呢！

豈有此理！不把這妖怪碎屍萬段，我就不姓孫！

請將不如激將。

悟空會黃袍

悟空吩咐猴子們守好家業，自己即刻跟著八戒趕往黑松林波月洞。黃袍怪不在，洞中小妖根本不是他的對手。悟空將沙僧和公主救了出來，然後變成百花羞公主的模樣等著妖怪。

快走，一會兒妖怪就該回來了。

嘿嘿，老孫我又可以大顯身手了！

黃袍怪一回來，假公主立刻號啕大哭，說妖怪不在的時候，豬八戒把那沙僧給救走了。「她」自己受了驚嚇，心口疼得厲害。

郎君，我心口疼。

這好辦，我有仙丹。

黃袍怪便將自己修煉多年的舍利子玲瓏丹吐了出來，準備用它來施法緩解夫人的疼痛，不料悟空接過玲瓏丹一口就吞了下去。

我先嚐嚐。

哎呀夫人，這靈丹是用來按摩的，不是口服的！

黃袍怪嚇壞了，他剛要讓公主吐出寶貝，卻發現妻子變成了猴頭猴臉的模樣。

沒等黃袍怪回過神來，悟空身子一搖，變出三頭六臂，緊握三根金箍棒照著他一頓亂打。

悟空正打得起勁，黃袍怪卻突然使了個法術消失了。

悟空拿火眼金睛照了一圈，也沒發現黃袍怪的蹤跡。
悟空仔細琢磨一番，然後駕起筋斗雲直飛南天門。

這妖怪還是有些本領，既能逃過我的火眼金睛，還說看我眼熟，想必不是凡間的妖精，有可能是從天上逃下來的……

❧ 黃袍現真身 ❧

天兵天將一見到悟空重返天宮，嚇得個半死，悟空倒
也沒為難他們。

鬧天宮的猴子又來
了，我們太難了！

放心放心，只要告
訴我天上有什麼神
仙、仙寵偷偷下凡
去了，我就走！

大聖今天心情不
錯？不去取經跑
來南天門玩……

爲了不讓悟空又鬧天宮，靈霄殿裡召開了緊急會議，
所有的神仙都到場點卯，只有二十八星宿之一的奎木
狼不在。

奎木狼星竟然私自下凡！傳
令下去，讓剩下的二十七星
宿一起將他收回上界！

陛下，奎木
狼已經四次
沒打卡了。

奎木狼　缺席

其他二十七星宿領旨後開始念動咒語，這時候躲起來
的黃袍怪感知到星宿異動，便趕緊回天宮復位。悟空
堵住了跑回來的黃袍怪，原來他就是奎木狼。玉帝把
奎木狼貶到了兜率宮，爲太上老君燒火，有功復職，
無功加罪。悟空見玉皇大帝如
此發落，也算心滿意足。

好好的神仙不當，
非去當妖精！

人間那麼大，我
就是去看看！

好奇心強唄！

悟空回到寶象國，先把百花羞公主送回了國王身邊，
然後來到變成老虎的師父跟前。見到師父的模樣，悟
空真是好笑又心酸。

悟空讓八戒取來清水，點在老虎身上，又念起咒語，
唐僧終於變了回來。

寶象國國王感謝唐僧師徒的救女之恩，大擺宴席款待他們。第二天，師徒四人離開，國王又帶領文武百官一直送到郊外，才和他們依依不捨地告別。

唐僧在取經路上遇到了多少次老虎？

西遊小百科

唐僧自打出了長安，就和百獸之王老虎過不去。西行取經的這一路上，唐僧遇到的七災八難不少都與老虎有關。在寶象國，唐僧被黃袍怪變成一頭斑斕猛虎大約就是最嚴重的一次。我們來總結一下，在此之前唐僧遇到了多少次老虎呢？

1. 初出長安第一難：遇到寅將軍

2. 獵戶劉伯欽打死襲擊唐僧的老虎

3. 孫悟空打死老虎，用虎皮做了虎皮裙

4. 黃風嶺遇到黃風怪的虎先鋒，被豬八戒打死

5. 後文還要出場一位虎力大仙喲！

為什麼舍利子玲瓏丹是寶貝?

　　這集故事中,孫悟空假裝成百花羞公主後謊稱心口疼,黃袍怪便拿出自己的寶貝舍利子玲瓏丹給「她」治病。我們在《西遊記》中經常看到舍利子這個東西,除了黃袍怪的舍利子玲瓏丹,唐僧的錦襴袈裟上也綴有舍利子。

　　在佛教中,高僧圓寂火化後,所產生的結晶體就是舍利子。僧人們出於對高僧生前的功德的紀念而供奉舍利子。對有聲望的得道高僧的舍利子,人們還會建造佛塔來供奉收藏。

　　回到《西遊記》,黃袍怪為了給假百花羞止痛,便拿出舍利子玲瓏丹,說拿它在疼的地方「滾一滾」就好,沒想到被孫悟空吃掉了,黃袍怪因此功力大減:之前可以憑一己之力打敗豬八戒和沙僧,現在不過五六十回合便打不過孫悟空,只得找時機溜走。由此可見,舍利子玲瓏丹對黃袍怪來說至關重要,類似於道教神話傳說中的內丹的概念。

　　「舍利子」是佛教用詞,「內丹」是道教用詞。吳承恩在《西遊記》中把這兩種文化的用語結合在一起,給奎木狼星的這顆靈丹取名為「舍利子玲瓏丹」,也體現出他在創作過程中受到兩種文化的影響。

> 妖魔道:「不打緊,你請起來,我這裡有件寶貝,只在你那疼上摸一摸兒,就不疼了。卻要仔細,休使大指兒彈著,若使大指兒彈著啊,就看出我本相來了。」
> ——摘自《西遊記》第三十一回

奎木狼星

玄武

斗 牛 女 虛 危 室 壁

箕
尾   北方七宿   奎
心   婁
房   東方七宿   西方七宿   胃   白虎
氐   昴
亢   畢
角   南方七宿   星   觜   參
                      鬼 井
      軫 翼 張 柳

青龍

朱雀

「二十八星宿」是中國古代的天文學名詞，其中東方青龍、南方朱雀、西方白虎、北方玄武各管七個星宿。

　　黃袍怪本是上界的神仙奎木狼星，是中國古代神話中的二十八星宿之一，在上圖中簡稱「奎」。從圖中方位關係可以看出，奎木狼屬於西方第一宿，從屬於「西方白虎」體系。

　　奎木狼星宿源於古代人民對遠古的星辰的自然崇拜，是中國古代神話和天文學結合的產物。在中國古代天文體系中，「西方白虎」有七百顆星星組成白虎圖案，其中的奎宿掌管著十六顆主星。以現代天文學的視角看，這些小星星分別位於仙女座和雙魚座。

西遊小辭典

激將法

悟空有個特點，受不得別人激他。豬八戒來花果山請他回去救師父，悟空仍對之前被趕走的事情耿耿於懷，不肯回去。豬八戒為了把悟空騙來，故意編造了黃袍怪罵悟空的話，這可把猴子氣壞了，立即就跟著八戒回去了。八戒所用的這一招，就叫作「激將法」。

激將法原本指的是用言語刺激將領，使其出戰的一種方法。後來這個詞的用途就變得更寬泛了，不只是用在將領出征這件事上，只要是用言語刺激或者鼓動人去做一些事情，都被稱為「激將法」。

除了《西遊記》，我國很多古典名著也經常提到「激將法」，比如《三國演義》中，諸葛亮為了激周瑜出兵與曹軍對戰，把曹植的《銅雀台賦》稍加改動，讓周瑜以為曹操父子覬覦自己的妻子小喬；周瑜果然被激怒，從而下定決心與曹軍決戰赤壁。

西遊小成語

不計前嫌

黃袍怪捉住唐僧和沙僧之後，豬八戒硬著頭皮去花果山找之前蒙冤離隊的孫悟空回去搭救師父。悟空完全可以負氣不去，但他還是以大局為重，對唐僧和八戒不計前嫌，回歸到取經隊伍中。

「不計前嫌」是成語，也是中華文化的傳統美德。

【釋　義】不計較以前的仇怨和過錯。

【近義詞】既往不咎

春秋時期的著名賢相管仲最開始輔佐的人是齊桓公的競爭對手公子糾，管仲的好友鮑叔牙輔佐公子小白（後來的齊桓公）。正值齊君去世，公子糾與小白狹路相逢，為繼位問題大打出手。管仲為絕後患，朝公子小白射箭，擊中小白的衣帶鉤，這就是著名的「一箭之仇」。

幹掉你，我的主公就是國君了！

哎呀，我死了！

公子糾以為公子小白這個心腹大患已除，就放慢腳步，悠哉地回了齊國，可是君主的位置已經被快馬加鞭趕回的公子小白坐穩了。剛上位的齊桓公想報一箭之仇，被鮑叔牙勸阻。最終齊桓公不計前嫌，重用德才兼備的管仲。

管仲見齊桓公不念舊惡，也盡心輔佐，終於成就了齊國的輝煌，齊桓公也成了春秋五霸之一。

我們還是以國家為重，握手言和吧！

第 5 章

奪寶蓮花洞

八戒巡山

離開寶象國就是平頂山的地界。在山下有一個蓮花洞，洞裡有兩個妖怪：金角大王和銀角大王。他倆早就得知唐僧師徒要來，於是到處張貼畫像，說要懸賞捉拿從東土大唐來的取經和尚。受觀音菩薩囑託，一路暗中關注唐僧取經的小仙日值功曹得知這個情況，立即化身為山野樵夫，前來提醒。

啊？是嗎？我們就是從東土大唐來的和尚。老人家您給我說說，這倆妖怪到底怎麼個厲害法。

長老們有所不知，這個山頭有兩個妖怪，他們到處張貼和尚畫像，說是要捉從東土大唐來的和尚吃呢！

平頂山二妖共有五件寶貝，即便是天上的神仙也很難通關喲！

日值功曹提醒完師徒四人後就離開了。悟空明白前路的艱險，便告知師父，過平頂山地界一切要聽他指揮，以免又落入妖怪陷阱。唐僧連連點頭，並且同意悟空的建議，讓八戒先去巡山，好探聽一下妖怪的虛實，及時避開。

快去打聽打聽，什麼山什麼洞的什麼妖怪把我畫得這麼醜。

到底是避開妖怪，還是把自己送上門啊？

豬八戒怎麼會喜歡巡山這種苦差事？孫悟空第一個不信。於是悟空變成一隻小飛蟲偷偷跟蹤豬八戒，想看看他是否偷懶。

這個呆子，一天到晚偷懶，連自家人都不認得！

人怕出名豬怕壯，好事從來沒我份。

果然不出所料，八戒找到一個地方倒頭就睡。悟空一看，趕緊變成啄木鳥去啄豬鼻子，故意戲弄他。八戒被擾得睡不了覺，便起身對著石頭編了一段巡山的瞎話，好回去應付師父。可八戒哪裡知道那些話全被悟空聽見了。

師父如果問我是什麼山什麼洞，我就說石頭山上石頭洞，石頭洞外鐵葉門，鐵葉門上釘鐵釘，具體數量記不清⋯⋯

到時候就說妖怪住在山中的一個石頭洞裡⋯⋯

八戒回去找唐僧，把石頭山石頭洞的瞎話講了一遍，
誰知道被悟空當眾揭穿。

八戒只好繼續去巡山。這一次，他怕悟空又來監督，
也不敢再偷懶，走走停停，疑神疑鬼，每遇到一個動
物，都懷疑是悟空變的。其實，這次巡山悟空根本沒
跟來。

八戒越走越靠近平頂山的蓮花洞。話說這洞裡張貼畫像要捉唐僧的兩個妖怪已經等了半個多月了。此刻，哥倆正籌畫著再出去巡一次山，看看有沒有什麼新發現。

我說兄弟，咱們在洞裡坐吃山空多長時間了？

滿打滿算，半個多月了。

這唐僧怎麼還不來啊？洞裡馬上就要斷糧了。

大哥，我一直不懂，為什麼我們要懸賞捉拿唐僧？

當年我出天界的時候，聽說過這個唐僧，他是金蟬子轉世，吃了他的肉就可以長生不老！

真的？那我們還辛苦修煉幹嘛？直接吃掉唐僧不就成功了！大哥放心，今天我親自帶隊去巡山，一定把那唐僧給拽回來。

快去快回！別忘了帶上畫像！

好！大哥等我的好消息。

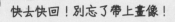

銀角大王剛一出門，就遇到了二次巡山的豬八戒。一看是個和尚，餓得眼冒金星的銀角大王以為是唐僧，就領著小妖們衝上去逮住了八戒。

大爺我不費吹灰之力就逮到唐僧了！

大王威武！

誤會誤會！唐僧不長我這樣！

結果八戒被扛回蓮花洞後，
金角大王拿著畫像一對照，
直呼上當。

這哪裡是唐僧，分明是一頭沒用的蠢豬嘛！

好像確實頭位超標了。

出來巡山，總是要還的！

金角大王轉念一想，雖然沒有抓到唐僧，但可以把豬
八戒醃製成豬肉乾，還多一道下酒菜呢！於是他命令
手下把豬八戒吊到橫梁上，等抓到唐僧後一起發落。

嘿嘿……現成的豬
肉，正好做成醃肉
乾，天陰好下酒。

等一等！這裡是
《萌漫大話西遊記》
劇組，不是《舌尖上
的西遊記》啊！

既然抓住了八戒，銀角大王推測唐僧離得不會太遠，
便帶了五十個小妖巡邏，終於發現了唐僧的行蹤。不
過唐僧旁邊有隻兇神惡煞的猴子，大家不敢上前。銀
角大王靈機一動，想到了個好辦法。

嘿嘿，有主意了！我一
會兒變成 一個老道士，
去會會這隻臭猴子！

整蠱孫悟空

銀角大王搖身一變，化為一個老道士守在路旁。看到唐僧師徒遠遠地走過來，這「老道士」便大聲呼喊起來。

好疼啊！

快來救救我！

這位道長，您怎麼了？有什麼可以幫您的嗎？

嗚嗚嗚，我的腿摔壞了。

唐僧想讓道士騎上白龍馬，好送他回家，可是對方說腿腳不好，騎不了馬，還點名要悟空來背他，沒想到悟空爽快地答應了。

我看這小猴子甚是可愛，可不可以讓他來背我呀?!

空空，你大顯身手的時刻到了。

嘿嘿，我背我背。

死妖怪，天堂有路你不走，地獄無門你偏來。

山路崎嶇，悟空讓唐僧和沙僧在前面先走，自己留了個心眼，背著「老道士」走在最後。走了三五里路，唐僧與沙僧已遠遠將悟空甩在了後面，悟空則覺得背上的「老道士」變得越來越重……

原來是銀角大王暗中施法，召喚了一座須彌山過來壓悟空。誰知悟空神通廣大，輕輕歪個頭就將須彌山擔在了左肩臂上。

見一座山沒有辦法壓住悟空，銀角大王又念咒語召喚來峨眉山，沒想到悟空偏偏頭就把峨眉山擔在右肩上。銀角大王驚得渾身是汗，趕忙又召喚來泰山，這下子孫悟空的肩膀不夠用了。

大意了，這妖怪竟然會「移山倒海」之術。

看我的厲害——泰山壓頂！

銀角大王見孫悟空被壓住，立即露出原形，一路飛奔去追唐僧。沒了悟空，唐僧身邊僅剩的沙僧和白龍馬哪裡是銀角大王的對手！沒打幾回合，只見這銀角大王兩隻胳膊各夾了一個，嘴裡叼住白龍馬，把獵物們全都捲進了蓮花洞。

啊啊啊……空空快來救我！

砰！

你家空空正在後面背山呢，現在是我的主場，哈哈哈！看我七星劍的厲害！

聽說這次終於抓住了唐僧，金角大王歡天喜地地跑來迎接銀角大王勝利歸來，但是他清點人數，發現俘虜裡沒有最難纏的孫悟空。

小的們，趕緊清洗鍋灶，準備煮唐僧肉！

慢著！兄弟，好飯不怕晚。

啊？你不是一直急著吃唐僧肉嗎？

唐僧的大徒弟孫悟空還沒有被咱們抓住，如果他找上門來大吵大鬧，你我這頓飯也吃得不消停啊。

那猴子已經被我用「移山倒海」之術壓住了，還怕他？

師弟啊，小心駛得萬年船！

沒人比我更懂怎麼對付孫悟空，讓小的們用咱們那兩件專門收人的法寶，就能把那猴子收來！

誰能擔此大任？

我看那精細鬼、伶俐蟲就不錯。

這會兒工夫，悟空已經召喚來山神和土地公，把身上的三座大山給搬走了。偏巧精細鬼和伶俐蟲抱著寶貝往悟空所在處走來，悟空靈機一動，變化成一個老神仙等著戲弄這兩個小妖。

兩個小妖邊說邊笑，走得正起勁，突然被悟空伸過來的金箍棒絆倒。他倆罵罵咧咧地爬起身，發現眼前有一個從天而降的老神仙。

悟空戲小妖

悟空一聽到寶物二字就來了興致，精細鬼和伶俐蟲興奮地向眼前的「老神仙」展示了自家大王的寶貝——紫金紅葫蘆和羊脂玉淨瓶。悟空轉了轉眼睛，突然從背後掏出一個巨大的葫蘆來，比精細鬼手裡的葫蘆大多了。

神仙爺爺，你這葫蘆雖然大，但不太中用啊。

你倒是說說，怎麼不中用？

我們這個寶貝，一個能裝一千人呢。

你這裝人的葫蘆有什麼好稀罕的，我這個葫蘆能把天都裝進去！

兩個小妖便請「老神仙」展示一下如何裝天。他們哪知道悟空的元神早就飛上天庭，請求玉帝派人幫忙，把日月星辰這些能在天上發光的東西全都遮蓋起來。

死猴子，就知道你無事不登三寶殿。我派哪吒助你一臂之力吧！

玉帝老兒，勞煩你跟老孫演一齣雙簧。

「老神仙」假模假式地念了一段咒語，然後向上拋出自己的葫蘆，哪吒立刻飛到南天門前，把皂旗呼啦啦展開，遮蔽了日月星辰，天地間突然就變成了漆黑一片。小妖們哪裡知道這其中的把戲，還以為天真的被裝進葫蘆裡，嚇得瑟瑟發抖。

這倆笨蛋真是太好騙了！

嗚嗚，神仙爺爺，你在哪裡？我們看不見啦！

果然是睜眼瞎，我就在你們面前啊！

兩個小妖急忙央求著「老神仙」收了神通，悟空又裝模作樣念了個咒，天地間又變得亮堂起來。事實上，這是哪吒把遮住的日月星辰又給亮出來了。

吒兒慢走！下次你再主演電影，記得送我一張電影票。

大聖再見，不用謝我！

驚歎不已的兩個小妖連連磕頭，請求神仙爺爺把大葫蘆換給他們。悟空裝作思索了一會兒，然後假裝勉爲其難地同意了。

既然你們這麼誠心誠意，那我就只好忍痛割愛了。

我們用這兩個寶貝換您的大葫蘆！

說你們傻，還真傻，你傻我不傻，騙倆寶貝我去耍！走嘍！

精細鬼和伶俐蟲剛剛拿到「裝天」的大葫蘆，悟空就腳底抹油──溜了。他倆也學著「老神仙」的樣子念動咒語，把葫蘆向上一拋，可是天空一點兒反應都沒有。原來這是個不中用的悶葫蘆，兩個小妖直呼上當。

我記得神仙爺爺是這麼念咒的啊。

糟了，被套路了！

我們弄丟了大王們的寶貝，這下慘了！

精細鬼和伶俐蟲自知闖了大禍，慌慌張張地跑回蓮花洞請罪。悟空變作一隻小飛蟲跟上他們，想看看蓮花洞裡到底是什麼樣的情形。那兩個換來的寶物也跟著變小，被悟空貼身藏了起來。

嗚嗚，怎麼跟大王交代啊！

蓮花洞

金角大王和銀角大王一聽兩個寶貝被一個不知名的
「老神仙」給騙走，立刻就反應過來，他們是被孫悟空
給耍了。

我早就猜到你們搞不
定那猴子，沒想到連
寶貝都給弄丟了！

小的死罪！求
大王做主啊。

大哥息怒，咱們手裡還
有芭蕉扇、七星劍和幌
金繩呢！怕什麼？

接老妖回洞

銀角大王提議派人去壓龍洞,把他們的老母親請來一起吃唐僧肉,順便把老母親的法寶幌金繩也一併帶來,好用來捉拿孫悟空。變成飛蟲的悟空全程看在眼裡,也一路跟了過去。

遵命,我們一定圓滿完成任務!

巴山虎、倚海龍,你們去請老奶奶來吃唐僧肉!快去快回,不准出岔子!

巴山虎

倚海龍

悟空本想立刻把這兩個小妖給打死,可心裡又惦記著老妖怪的幌金繩,怕自己找不到路。於是他靈機一動,直接變成個小妖跟了上去,好渾水摸魚,見機行事。

你是哪條道上的?我們蓮花洞沒你這號妖啊!

咱們蓮花洞那麼大,面生正常!大王派我跟你們一起去接老奶奶。

悟空跟著巴山虎、倚海龍一路走到老妖怪的洞府壓龍洞附近，眼看就要入洞了，悟空立刻取出金箍棒將這兩個小妖怪打死，又拔出一根毫毛變成巴山虎，自己則變作倚海龍，大搖大擺地走進壓龍洞。

呼——變！

悟空見到老妖怪，學著小妖的語氣向老妖怪說明了來意。一聽說是金角大王和銀角大王派人來請自己去吃唐僧肉，老妖怪大喜，立刻帶上幌金繩高高興興地坐上轎子出發了。

沒想到我的兒們如此有孝心，知道我喜歡吃肉……他們真懂我啊。

走了五六里路，悟空突然變回自己的真容。他一棒打死老妖怪，原來是隻九尾狐精。悟空從老妖怪的袖兜裡找到幌金繩，又拔下四根毫毛，分別變成巴山虎、倚海龍和另外兩個抬轎的小妖，自己則變作老妖怪的模樣坐進轎子裡，一顛一顛地繼續趕路。

你是誰？你不是我兒派來的！

老妖，你再看看我是誰！

不一會兒悟空假扮的老妖怪就到達蓮花洞。金角大王、銀角大王連忙跪下來給遠道而來的「老母親」磕頭。吊在橫樑上的八戒卻發現這老妖怪彎腰時不小心露出了一根猴尾巴，忍不住笑了起來。悟空想戲弄八戒，就說自己想吃豬耳朵，八戒生怕自己的耳朵被割去，嚇得叫個不停，急忙威脅悟空，說要揭穿他的身份。

孩子們呀，我不急著吃唐僧肉，我想先吃盤豬耳朵開開胃。

你這遭瘟的壞蛋，勸你不要惹我，否則我就喊出你的祕密！

死呆子，就你話多！

小的們，安排紅燒豬耳！

就在這個時候，發現老妖怪屍首的小妖們跑進來報告，揭穿了悟空的把戲。悟空見裝不下去，立即翻了臉，從耳朵裡掏出金箍棒把蓮花洞砸了個稀巴爛，然後逃之夭夭。

銀角計捉悟空

金角大王害怕了，想把唐僧與沙僧、八戒、白龍馬、行李都歸還給悟空，然後遠離這場是非紛爭。銀角大王可不這麼想，他覺得自己費了好大力氣才抓住唐僧，怎能輕易送還？於是銀角大王重整旗鼓，與孫悟空繼續對戰！

看我金箍棒的厲害！

臭猴子，看我用七星劍怎麼收拾你！

銀角大王拿出另一個法寶七星劍跟悟空對打。他倆正在苦苦廝殺的時候，悟空突然想試試自己剛從老妖怪九尾狐精身上拿到的幌金繩，便將那法寶拋出來試一試威力，沒想到這一試可糟了⋯⋯

太好了！幌金繩原來在你這兒。

用你們妖怪的寶貝來治一治你！

原來這幌金繩要用《鬆繩咒》和《緊繩咒》操縱，悟空哪能料到這一手？銀角大王一看他掏出幌金繩，立刻就念起了《緊繩咒》，悟空一下子就被捆住了。

傻猴子，你有幌金繩又能怎樣？你不會用還不是落到我的手上！

逮住了孫悟空，蓮花洞熱鬧得跟過節差不多！銀角大王興奮地讓小妖怪把悟空捆在柱子上，悟空藏在身上的紫金紅葫蘆和羊脂玉淨瓶也被搜走了。妖怪們開心地喝酒慶祝，漸漸鬆懈下來。

賢弟辛苦，終於把這孫猴子給逮住了，我們可以準備吃唐僧師徒的盛宴了！

這大名鼎鼎的齊天大聖也不過如此！

趁兩個妖怪喝得正在興頭上，悟空用毫毛變出一把銼刀，銼開了捆住自己的幌金繩。他又用另一根毫毛變出個一模一樣的假悟空捆在柱子上，自己的真身則變成了一個洞中的小妖。

這套把戲玩過幾百遍了！

變成小妖的悟空湊到了兩個妖怪面前，一邊假裝給他們倒酒，一邊偷偷地把幌金繩用毫毛變的假繩子換出來。寶貝一到手，悟空就溜到洞外變回真身。

賢弟啊，這回抓住孫行者都是你的功勞！

大王，您多喝些。

嘿嘿，幌金繩又歸我老孫了，看我怎麼捉弄這倆妖怪！

悟空在蓮花洞外大聲叫嚷著讓兩個妖怪出來，還自稱是「者行孫」。值班小妖見狀趕緊進去通報，金角大王和銀角大王聽到「者行孫」的名頭先是一愣，隨後趕緊拿著寶貝跑到洞口查看，果然有個跟悟空長得一模一樣的猴子在那裡上躥下跳。

你是何人？怎麼跟孫悟空一模一樣？

臭妖怪，俺「者行孫」是孫行者的兄弟！趕緊放了他，不然讓你站著出來，躺著回去！

沒想到銀角大王並不著急跟悟空打，而是拿出自己的寶貝紫金紅葫蘆。銀角大王叫著「者行孫」的名字，要把悟空收進葫蘆裡。悟空一點兒也不害怕，因為唐僧給他起的真名叫孫行者，他心想答應「者行孫」應該不會有任何危險的。

者行孫！

爺爺在此！

悟空巧脫身

沒想到這寶貝葫蘆是不管叫你什麼名字，只要你答應了，都會被吸進去。剛答應了一聲，悟空就「嗖」的一聲被吸進這妖怪的寶貝葫蘆裡了。當然，悟空在葫蘆裡並不擔心，他是混過太上老君的煉丹爐的，不怕這個。悟空故技重演，用毫毛變出半個自己的假身留在葫蘆底，真身則照舊變成小蟲貼在葫蘆口，等銀角大王開蓋查看的時候，偷偷飛了出去。

笨蛋！看來你不怎麼懂你孫爺爺的本事。

太棒了！猴子化了一半了。

銀角大王哪裡知道悟空早跑了，他照例回來與金角大王喝酒。悟空又變成小妖回到洞裡，故技重施，用毫毛變了個一模一樣的假葫蘆，借著倒酒的機會，來了個偷樑換柱，把真葫蘆偷偷換走了。然後，悟空偷偷溜了出去。

嘿嘿，這葫蘆又姓孫了。

酒還沒喝完，兩個大王就聽到小妖來報說外面又來了
個「行者孫」。銀角大王氣呼呼地拎著葫蘆又走出了洞
門，卻見這個「行者孫」舉著一個和他的寶貝一模一樣
的葫蘆。

我這葫蘆也是仙藤上
長的，不過我這個是
公葫蘆，你那個是母
葫蘆。不懂了吧？

今天真是進了猴
子窩了！！你怎
麼也會有葫蘆，
哪裡來的？

我還沒問你呢，你倒先
問起我來了，你先說，
你的葫蘆哪裡來的？

我的葫蘆是昆侖山
的仙藤上長的。

銀角大王不信，舉著葫蘆叫了好幾遍「行者孫」，悟空
連連答應，葫蘆卻一點兒反應也沒有。這時候，悟空
立刻拿出自己換走的真葫蘆喊了句「銀角大王」，妖怪
應了一聲，就被吸進去了。

銀角大王！

啊！

我的兒，風水輪
流轉！懂嗎？

聞聽銀角大王被吸進葫蘆的噩耗，金角大王急了，趕緊取出芭蕉扇衝出洞外，對著悟空一頓猛搧，一股邪火冒了出來。原來這寶貝可以平白搧出火來，金角大王一連搧了七八下，搧得滿山烈火飛騰，直接點燃了平頂山。

少搧兩下，這是平頂山，不是火焰山。

我燒！我燒！我燒燒燒！

悟空雖然不怕火，但他用毫毛變的假悟空卻會被燒出原形，更何況唐僧是肉身凡胎，怎麼禁受得起這場火災？悟空急急忙忙念動避火訣，一路打進蓮花洞，把師父和師弟們都救出來，順便把藏在洞裡的羊脂玉淨瓶也偷走了。

悟空你怎麼才來，為師要燒焦了！可不是開玩笑！

師父莫急，我這不是趕來了嗎！

悟空飛出洞外繼續戰鬥，看到金角大王，悟空拿出玉淨瓶大喊一聲：「金角大王！」那妖怪還沒看見悟空，誤以為是小妖在叫自己，就應了一聲，結果被吸到自家寶貝裡了。

金角、銀角現真身

平頂山的這場大火終於熄滅了，唐僧師徒再次踏上西
行取經之路。可唐僧剛騎上馬，就被一個不知從哪裡
冒出來的老頭拉住了馬韁。

什麼寶貝？不曾
見過，沒有！

此樹是我栽，此
路是我開，要從
此路過，就把寶
貝交出來吧。

原來這老頭就是太上老君，他不知念了什麼咒語，藏在悟空身上的寶貝全都飛了出來。就連金角大王和銀角大王也變成了兩個乖巧的童子，站在太上老君身旁。

金爐童子

銀爐童子

太上老君

等等，這些都是我老孫的財產！

葫蘆是我用來盛丹的，淨瓶是我用來盛水的，寶劍是我用來煉魔的，扇子是我用來搧火的，幌金繩是我的褲腰帶！不拿回來，我的褲子要掉了！

悟空一看寶貝全被收走了，急得哇哇直叫。太上老君解釋說這一切都是觀音菩薩設置的考驗，說完就帶著兩個童子回天庭去了。悟空雖然很氣憤到手的寶貝就這麼被拿走了，但也沒有辦法，只能繼續保護唐僧西行。

還我寶貝！還我寶貝！

菩薩來問我借了三次這倆煉爐童子，我才送他倆下界的——菩薩主要是為了考驗你們師徒是否真心前往西天取經。

金角大王和銀角大王的五件寶貝

　　金角大王和銀角大王是《西遊記》中擁有法寶最多的妖怪，紫金紅葫蘆、羊脂玉淨瓶、芭蕉扇、幌金繩和七星劍都有奇妙的功效。金角大王和銀角大王為什麼會有如此多的寶貝呢？究其原因還是離不開他們的幕後老闆太上老君。

來歷：混沌之初的時候，太上老君協助女媧煉石補天。當他補到乾宮夬地，發現昆侖山腳下有一縷仙藤，上面結著這個紫金紅葫蘆，太上老君就把寶物帶回兜率宮。

功效：大聲叫敵人姓名的時候（不論姓名是否叫對），只要對方一答應，就會被立即吸入葫蘆中，只需一時三刻就能化為膿水。

我能裝一千人喲。

來歷：太上老君盛水用的瓶子。

功效：用法與紫金紅葫蘆相同，專吸可以被召喚的敵人，貼上「太上老君急急如律令奉敕」的帖子，敵人在一時三刻內就會化為膿水。

我可是專用的非賣品。

來歷：太上老君用來煉魔的寶劍。

功效：堅不可摧的仙家兵器。

來歷：該芭蕉扇不是人工造就的，而是開闢混沌以來就產生的珍寶。昆侖山向陽處生長的「太陰之精」芭蕉樹就是芭蕉扇的原始出處，後來被太上老君取來搧火。

功效：一搧便能產生五行中的靈光火焰，蔓延非常快，水淹也不滅。

我是撿寶達人。

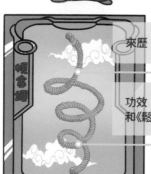

來歷：太上老君勒袍子的腰帶。

功效：可以捆住敵人，需要《緊繩咒》和《鬆繩咒》控制。

葫蘆文化

　　這個故事中一共出現了三個葫蘆，其中有一個是太上老君裝靈丹的寶貝紫金紅葫蘆，另外兩個都是孫悟空為了捉弄妖怪用自己的毫毛變的假葫蘆。

　　其實中國古代一直就盛行「葫蘆文化」，葫蘆常被用來裝水、陳酒。由於葫蘆諧音「福祿」，帶有和諧美滿的寓意，因此它成為民間用來祈求福運、福氣的一種裝飾物。還有人因為葫蘆的生長形態而認為葫蘆具有子孫滿堂的意象，比如中國上海電影製片廠原創的著名剪紙動畫片《葫蘆兄弟》就運用了葫蘆文化中葫蘆「多子多福」的意象。

九尾狐

　　在這個故事中，金角、銀角的「老母親」真身是一隻修煉成形的九尾狐。九尾狐是中國古代神話傳說中的經典形象，出自春秋戰國時期的《山海經》，隨後傳至日本、朝鮮等東亞國家。

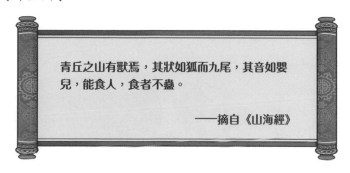

> 青丘之山有獸焉，其狀如狐而九尾，其音如嬰兒，能食人，食者不蠱。
>
> ——摘自《山海經》

　　其中，說九尾狐「能食人」，表明牠在威脅敵人、保護本部族群安全方面具有神性，又說「食者不蠱」，意思是吃了牠的肉可以不受邪氣的侵害。

　　在中國古代，九尾狐和玄狐、白狐等最先出現在原始的圖騰信仰中，牠們是與西王母一同出現的神獸，也是祥瑞的象徵。只是從南北朝開始到北宋初期，九尾狐已逐漸被妖魔化，比較著名的形象就是《封神演義》中的蘇妲己。

長他人志氣，滅自己威風

衆怪上前道：「大王，怎麼長他人志氣，
滅自己威風？你誇誰哩？」
——摘自《西遊記》第三十三回

【釋　義】助長他人的氣勢，消減自己的聲威。形容過分注重對手的優勢，忽視自己的力量。

那猴子很
厲害啊！

大王，自
信點兒。

　　《西遊記》中講到，金角大王由於之前聽聞過孫悟空的大名，於是在孫悟空第一次找上門來，把蓮花洞亂砸一通時產生了退縮之意，但被一眾妖怪所「嫌棄」。金角大王的這種心態就是典型的「長他人志氣，滅自己威風」。

　　除了《西遊記》，四大名著中的《三國演義》裡也有例子。《三國演義》中的東吳謀士張昭，在曹軍壓境之際力勸自己的主公投降，理由是曹軍聲勢浩大，東吳兵少不能抵擋，不如順應大勢，保全江東免遭戰禍。張昭是東吳老臣，他的建議得到很多大臣的附和。只不過如此「長他人志氣，滅自己威風」的勸降策略並不適合暗藏野心的年輕霸主孫權。後來孫權稱帝，酒宴間有意調侃張昭當年之事，張昭無地自容。

孫權

當初若聽你之言，我等今天只
能討飯了。

老朽當年實在是太膽小了！

張昭

第 6 章

除妖烏雞國

國王托夢

唐僧師徒繼續西行，這一日，他們來到了烏雞國。

眼看天色晚了，師徒四人經過寶林寺。唐僧上前請求住宿，卻被寶林寺的住持趕了出來。

本寺不收留遊方僧人。

狗眼看猴低！

我可是唐王御弟，他竟然把我當討飯的！

悟空一棍子把寺院門口的石獅子打得粉碎，寶林寺和尚嚇壞了，只好把唐僧師徒迎進門。

準備一千個房間讓我師父睡覺！

不然你們的腦袋和這石獅子一個下場。

別打！別打！老爺快請進！

高僧請進！

我們一共就五百來人，哪有一千間房？

寶林寺的和尚們忙前忙後，給唐僧師徒送來晚齋。

睡覺時間到了，唐僧安置好三個徒弟，獨自在禪堂看經。突然，門外傳來奇怪的聲音。

唐僧抬頭一看，嚇了一跳：面前站著一個渾身濕漉漉的遊魂。

這位「濕漉兄」？我的徒弟們都能降妖除魔，你趕緊逃命去吧！

比我膽子還小。

你不要過來！我怕！

師父，我不是妖魔鬼怪，我是烏雞國的國王啊。

烏雞國國王開始講述他的遭遇。原來五年前烏雞國曾有一場大旱，在國王不知所措的時候突然來了一個全真道士。那道士施法降雨，拯救了烏雞國百姓。

全真法師請與朕結為兄弟吧！

那貧道就恭敬不如從命了。

正合老子心意！傻國王，你的王冠我也想戴著玩玩。

和全真法師逛御花園的時候，不料，烏雞國國王被法師推到井裡。這還不算完，全真法師用石板蓋住井口，還移栽了一棵芭蕉樹在上面。隨後法師變成了國王的樣子，分毫不差。

烏雞國都歸我啦！哈哈哈！

嗚嗚，朕變成井底之蛙啦！

看到自己的國家被假國王霸佔，已經變成鬼魂的真國王一點兒辦法也沒有。但今天夜遊神告訴他，唐僧帶著三個本領超群的徒弟來了，真國王就到唐僧這兒來求救，還掏出了一個寶貝給自己當證明材料。

哎呀，今天攬了個大活兒。

咳。

聖僧啊，這個白玉圭是我的貼身寶貝。

那妖怪唯獨沒有這個。你快拿去給我的太子看，他就會相信你的話。

在真國王的懇求下，唐僧終於同意了。他正要將真國王送出門去，突然被絆了一下，唐僧晃晃頭，發現自己正伏在桌案上睡覺，國王也不見了。

原來是一場夢啊！咦，這是什麼東西？

禪

✿ 周施太子 ✿

唐僧看到手中的白玉圭，愣住了。他連忙招呼自己的
幾個徒弟，把夢中的事兒說了一遍。

> 師父別擔心，我
> 變成一個二寸長
> 的小和尚藏在這
> 盒子裡面。

> 見到太子後該怎麼辦呢？

> 呼嚕嚕，呼嚕嚕……弼馬
> 溫早晚牽連我老豬。

> 你告訴太子這是個
> 寶貝，到時候就看
> 我老孫的吧！

> 大師兄說得對呀。

第二天一早，悟空去烏雞國打探消息。他剛走到城門
口，就看到一個威風凜凜的小將軍領著一隊人馬出城
打獵。

> 看這團龍氣，想必這就
> 是烏雞國太子吧。我先
> 變隻小兔子逗逗他！

> 阿嚏——好像聽
> 見誰在念叨我。

悟空變成一隻活潑的小白兔，成功地引起了太子的注意，太子追著牠一路攆到了寶林寺。

寶林寺的和尚們都跑出來迎接太子，只有唐僧坐在殿中，不給太子行禮。

太子的侍衛們剛湊近唐僧就被一堵透明的牆擋住了，
原來是悟空暗中施法，保護了唐僧。

啊！這是個妖僧！

啊！

啊！

貧僧自東土大唐來，
去西天獻寶。

悟空啊，師父只能
幫你到這裡了，臺
詞已經念完了。

這匣子裡就是要獻給
佛祖的大寶貝！

唐僧掏出寶匣，悟空變成的小和尚立刻就蹦了出來。
太子瞪大眼睛，看著小和尚很快就從兩寸長成了三尺
四五寸，最後長到正常成年人的大小才停下來。

少吹牛！你有什
麼憑證？

我叫「立帝貨」，
上下好幾百年的事
我無所不知！小太
子，你怕不怕？

禪

哪來的吹牛
大王？

立帝貨

小和尚清楚地講出了五年前的大旱，以及突然來到烏雞國的法師施法降雨的事，聽得太子不停地點頭。就在講到興頭上的時候，小和尚突然向太子勾勾手，讓他把士兵都請出去，然後告訴他一個驚天秘密。

認賊作父傻太子，你爹已經被害死，如今兇手是皇帝，我來幫你出口氣！

你這順口溜編得不錯！

猴子，太子以為你在編故事，該讓白玉圭露露臉了。

你現在的「爹」就是法師變的！

悟空捧出白玉圭交給太子，不料這年輕人卻大發雷霆。

禪

嘿嘿！

你拉低了整個烏雞國的智商。

好你個臭和尚！你五年前是全真法師，騙走了我父王的寶貝，現在又裝扮成和尚來獻寶！

這位簡直比八戒還呆。

悟空現出原形，細細地給太子講述了老國王的鬼魂是
如何找上唐僧，又留下了白玉圭作爲證明的事。見太
子有所動搖，悟空又讓太子去找王后。

你回宮問問你母后，你
爹現在對她和三年前相
比有什麼變化，然後你
就知我說的是真是假了。

孩子笨就要
多引導……

滿心疑惑的太子揣了白玉圭就要跑回宮中，還是悟
空揪住了他，讓太子從後門偷偷溜走，以防止消息
走漏，讓妖怪有所防備。

母后，
我來了！

你喊這麼大聲，不
怕被妖怪聽見嗎？

快從後門走。

太子偷偷來到錦香亭，發現王后正在欄杆旁落淚。王后發現太子突然跑來跪在自己面前，真是又驚又喜。

孩子，你父王這三年不是不讓你來後宮嗎，你怎麼敢偷著跑來？

母后！現在的國王真的是我的父親嗎？

你這孩子瘋了！他當然是你的父王，你亂說什麼？

母后，你們三年前夫妻恩愛，現在關係如何

你怎麼突然問這話？嗚嗚嗚……

母親！事關重大！我必須問！

嗚嗚，你父王以前對我很好，可是最近三年突然對我很冷淡。我看你爹早把我給忘到腦後了。

見到太子氣沖沖地就要走，王后一把拉住他，想知道
到底發生了什麼。當太子拿出白玉圭，又講到老國王
的遊魂給唐僧托夢時，王后突然大哭起來，原來她昨
天晚上也夢見老國王說了同樣的話。

這妖怪太可惡，我一
定要為父王報仇！

還是去寶林寺找聖
僧幫忙要緊。你媽
我就指望你了。

有了王后的證實，太子這回徹底相信父王遇害了。他趕緊跑回寶林寺找唐僧師徒求救。

悟空讓太子裝作毫不知情的樣子先回到宮裡，並答應第二天和唐僧一起去拜見假國王。為了裝得像一點兒，悟空還問土地公要了一堆獵物讓太子拎著。

❀ 井中撈屍 ❀

為了能夠名正言順地降妖，悟空決定讓八戒把藏在井裡的老國王的屍體先撈出來。

我們直接打上門，妖怪肯定不認帳！

我們得有老國王的屍體做證據才行！

我有種不好的預感……

八戒貪睡，本來不想跟悟空去御花園，但是聽說有寶貝，就硬著頭皮去了。

大半夜的偷什麼寶貝？弼馬溫又來戲弄我老豬。

你再不去，寶貝就是別人的了。

御花園的井被一棵茂盛的芭蕉樹遮著，悟空讓八戒把樹掀倒，又叫他把井上的石板挪開，井中頓時露出燦爛的霞光。

哇！真的有寶貝在發光！

智商堪憂，那是天上月光的倒影，真正的寶貝在井底。

我們沒繩子，怎麼下去？

呆子，當然是我用金箍棒把你送下去，這樣你就能把寶貝撈出來了！

為啥每次都是老豬我打先鋒啊？

因為你精通水性，真囉唆，還不快去！

八戒不情不願地下到井裡，頓時被眼前的景象嚇了一跳。井下竟然有一座牌樓，上面寫著「水晶宮」三個大字。

巡水的夜叉見到八戒也嚇了一跳，連忙跑到水晶宮裡跟自家的井龍王報告。

龍王一聽，知道這是夜遊神說的天蓬元帥來了，趕忙命手下把八戒迎進來。

受到歡迎的八戒很是得意，他大搖大擺地坐在主位
上，直接問井龍王要起寶貝來了。

井龍王想了半天，終於反應過來，原來八戒是來取那
個「寶貝」。他將八戒帶到了一個殿中，老國王的屍體
就放在那兒。

原來自從老國王掉進井裡，井龍王就用定顏珠將他的屍身保護起來。所以三年過去了，老國王的身體依然沒有任何腐壞。井龍王許諾八戒，只要他把老國王背出去，就能得到數不盡的好處。

八戒勉強同意了，他背上國王，剛走出水晶宮，一回頭，就發現水晶宮消失了。

那個死人就是寶貝，快背上來！

師兄快救我！水晶宮沒了！寶貝也沒有了！就剩個死人了！

費了好大力氣，師兄弟倆總算是把老國王從井裡撈出來了。回寺的路上八戒又想偷懶，但被悟空威脅了一通，只好認命把老國王背回去了。

一見到老國王的屍體，唐僧就佛心大發，忍不住難過起來。八戒趁機慫恿師父念《緊箍咒》報復悟空。

國王還陽

《緊箍咒》的威力巨大，悟空立刻求饒，說自己這就去想辦法。唐僧停了咒語，悟空便飛向南天門，直接找到了太上老君。

老君！把你那九轉還魂丹借我一千丸，我有急用！

哪來的一千丸還魂丹？你當飯吃啊？沒有！

被悟空纏住的太上老君煩得不行，這臭猴子一邊纏著他一邊把烏雞國國王的遭遇講了出來。太上老君心生憐憫，便給了悟空一粒還魂丹，沒想到悟空剛接到丹藥就吞進了自己的嘴裡。

老孫先嘗嘗這仙丹的真假！

啊！你這臭猴子要是吞下去，我就跟你拚了！

太上老君看到悟空從嘴裡把丹藥吐出來，知道自己又
上了他的當，只得氣呼呼地把悟空攆了出去。

悟空回去後把丹藥餵給老國王，又吹了一口仙氣，老
國王竟然真的活了過來。

王宮對質

第二天一早，唐僧師徒就帶著喬裝打扮成挑夫的真國王去王宮更換通關文牒。

我的江山都被妖怪霸佔了。

陛下別出擊，免得走漏風聲。

假國王見唐僧幾人不肯向自己參拜，非常惱火。

你們這些和尚，進宮為何不參拜本王？

我們是從東土大唐來的聖僧，你怎麼不來拜我們？

小小妖怪還耀武揚威，哼！

太子生怕假國王傷到唐僧，便跪下替唐僧等人請罪。

悟空正好就借這個機會把假國王謀害真國王的事兒講
了出來。全真法師被當場揭穿，駕著雲就要跑，悟空
立刻追了上去。

❧ 苦肉計 ❧

眼看宮中一片混亂，假國王卻突然變成唐僧的樣子混了進來，讓人分辨不出真假。

不知怎麼回事，悟空的火眼金睛不能分辨哪個是假唐僧。八戒卻忍不住笑了起來。

為了辨出真正的師父，悟空只好忍著痛讓兩個唐僧一起念咒。八戒和沙僧各看著一個唐僧，妖怪果然露餡兒了，但還沒等八戒的釘耙揮過去，那妖怪又逃跑了。

悟空舉著棒子衝到空中，剛追上那妖怪，就聽見空中的一朵彩雲處傳來了一聲「悟空住手」。
文殊菩薩不知什麼時候來了。

嘿嘿，終於趕上壓軸戲，輪到我出場了！

文殊菩薩

這是我的坐騎青毛獅子，我來替你收服牠。

菩薩救我！

怎麼就兩句臺詞！我還要說「悟空的火眼金睛失靈是因為獅子精沾了我的佛光」呢！

文殊菩薩從袖中掏出照妖鏡，那妖怪被照出了本來面目，牠竟然是文殊菩薩的坐騎——獅猁王。

你怎麼放你家獅子精出來禍害人！菩薩，看好你的坐騎！

一切自有因果，善哉。

獅狔王被文殊菩薩帶走，眞國王重登王座，他熱情地
邀請唐僧師徒留在烏雞國，但被唐僧婉拒了。通關文
牒一換完，唐僧就帶著徒弟們重新踏上了前往西天取
經的路。

《西遊記》未解之謎:井龍王究竟是誰?

　　《西遊記》中出現的龍王家族不少,地位最高的是東海龍王敖廣,緊接著就是他的幾個弟弟──南海龍王、西海龍王和北海龍王,他們統稱為四海龍王。

我們是龍族中最高貴的,還負責雨水、海潮等。

　　四海龍王也是最為闊綽的。管理江河的龍王次之,比如西海龍王的妹夫涇河龍王,以及碧波潭的萬聖龍王等。

我們在龍族中沒有四海龍王那麼有錢。

是啊,玉帝說殺就把我給殺了,一點兒面子都不給……

萬聖龍王

涇河龍王

在本集故事中又出現了一個井龍王，這個井龍王到底是誰呢？連曾經掌管天河八萬水軍的天蓬元帥豬八戒也沒聽說過他。

我確實從沒聽說過什麼井龍王啊。

你不認識我，我可認識你！你不就是那個保護唐僧去西天取經的天蓬元帥嗎？

你這地方閉塞，消息卻靈通。

故事裡講到八戒帶著烏雞國國王的屍體離開的時候，井龍王的水晶宮已經消失了。那麼是不是可以推斷，井龍王並不是在這口井中常駐，而只是為了保護國王的屍體才來到這裡的呢？

在《西遊記》裡，還有一個龍王也有定顏珠，他就是救了唐僧父親陳光蕊的金色鯉魚龍王。他和井龍王都有定顏珠，那麼他們有沒有可能是同一個龍王呢？

且慢，這個劇情好像在有關我師父身世的故事裡看到過。

井龍王的具體身份，多年來一直是《西遊記》中的未解之謎。你如果也對這個問題感興趣，可以自己研究一番。

我們有共同的傳家寶，可能還是兄弟呢。

獅猁王

獅猁王是一隻青毛獅子精，牠本是文殊菩薩的坐騎。文殊菩薩的坐騎在《西遊記》中出現了兩次，一次是在烏雞國假扮國王，另一次是在獅駝嶺與白象、大鵬佔山為王。那麼問題來了：這兩隻獅子精是同一個嗎？

根據原著的描寫，前後兩隻獅子精，無論是性格、本領還是樣貌都有著很大的區別，唯一相同的就是牠們都是文殊菩薩的坐騎。那麼到底是文殊菩薩有兩頭坐騎，還是作者在寫作過程中出現了疏忽呢？你如果也對這個問題感興趣，不妨自己研究一下！

玉圭

烏雞國國王交給唐僧的玉圭是中國古代六種最具代表性的禮器中的一種，俗稱「六器」。這六器指的就是玉璧、玉琮、玉圭、玉琥、玉璋、玉璜。

烏雞國國王交給唐僧的玉圭是中國古代六種最具代表性禮器中的一種，俗稱「六器」。

注意嘍！

玉璧

專門禮天；藺相如手中著名的和氏璧指的就是這種禮器。

玉琮

專門禮地；這是一種外方內圓中空的柱狀玉器。

玉圭

專門禮東方；一種下端平直、上端尖銳或平整的長方形玉片。

玉琥

專門禮西方；一種刻有虎紋或雕成伏虎形的玉器。

玉璋

專門禮南方；呈扁平長方體狀，一端斜刃，另一端有穿孔。

玉璜

專門禮北方；呈半圓形片狀或窄弧形。

拿賊拿贓

「常言道：『拿賊拿贓』。那怪物做了三年皇帝，又不曾走了馬腳，
漏了風聲……我老孫就有本事拿住他，也不好定個罪名。」
——摘自《西遊記》第三十八回

　　悟空帶著烏雞國國王去王宮與妖怪對質，體現的是「拿賊
拿贓」的處世策略。揭發假扮國王這樣的罪行需要證據，否則
就是渾身是嘴也說不清，還有可能引火焚身。

　　北宋時期有個叫陳襄的知縣，有一天接到報案稱一戶人家
的貴重物品被偷了。官府很快就把最有嫌疑的幾個地痞無賴給
找了出來，可他們誰都不承認自己盜竊。陳襄想著拿賊拿贓，
可沒有物證也沒有人證怎麼辦呢？他想了個非常有創造力的辦
法，把這些嫌疑人帶到一處古廟裡，廟裡有一口大鐘。陳襄先
對手下人低聲吩咐了幾句，又讓人把掛鐘的房間掛上黑布，這
樣屋裡就一片漆黑了。

　　房間裡面有一口神鐘，賊人摸了就會響，無辜的人
摸了不會響。你們排著隊去摸，響的那個就是賊。

　　大家都排著隊去摸鐘，大鐘一點聲音都沒有，所有人都鬆
了一口氣，覺得自己可以擺脫嫌疑了。不料陳襄突然讓嫌疑人
都伸出手來，大家一看，除了一個人的手掌是白的，其餘的人
不知怎麼回事，掌心都塗了層黑炭。

　　這個手白的就是賊！

　　啊！你是怎麼知道的？鐘並沒有響啊！

　　陳襄說出了他發現賊人的玄機，那小偷聽了只好磕頭求
饒。原來陳襄讓人事先在大鐘上塗了黑炭，沒偷東西的人，不
怕大鐘出聲，自然就會去摸大鐘；而偷了東西的人，害怕大鐘
出聲，就不會伸手去摸，手自然就是白的了。